套用＋替換＋開口説

英文文法
刻意練習

非母語人士的零失誤文法自然養成術！

橫山雅彥、中村佐知子 —— 著　李青芬 —— 譯

U0079233

全音檔下載導向頁面

http://www.booknews.com.tw/mp3/9786269793990.htm

掃描QR碼進入網頁後，按「全書音檔下載請按此」連結，可一次性下載音檔壓縮檔，或點選檔名上播放。
全MP3一次下載為zip壓縮檔，部分智慧型手機需安裝解壓縮程式方可開啟，iOS系統請升級至iOS 13以上。

此為大型檔案，建議使用WIFI連線下載，以免占用流量，並請確認連線狀況，以利下載順暢。

前言

在鋼琴的世界裡，有一本為了鍛鍊十根手指能流暢自如、忠實按照樂譜彈奏所設計的練習曲集，這本名為「哈農」的練習教材，素以必須擁有強大的耐心及毅力來練習而聞名，許多鋼琴家都異口同聲表示：「多虧當初熬過了嚴格的訓練，現在才能有今天的成就」。

英文與鋼琴間擁有許多相似之處。文法就像樂譜，對於對話（演奏）來說，文法（樂譜）是不可或缺的，而文法（樂譜）也是為了對話（演奏）而存在的。然而在現實生活中，文法與對話卻會被當成是不同的英文來看待，甚至有時還會有彼此對立的情形發生。無論多麼認真學習文法，卻還是無法開口說英文的原因，就是因為在英文教育的世界中，一直以來都缺乏像哈農那樣的教材與課程。我們的目標就是希望能編製出演奏英文文法的練習教材——《英文文法刻意練習》。

本書將所謂的學校文法重新編撰，改寫成實際的口語用法，就像鋼琴的哈農一樣，這一連串的紮實練習，到最後會讓人覺得想哭，但若能一一克服這個不斷重覆失敗的過程，當在終於完成練習時，必定能靈活運用唇舌，將所知的文法隨心所欲地運用在對話之中。請務必抱持信念，用心研讀本書。

最後，在此衷心感謝從企劃到編輯、於公於私給予我們諸多支持，方能讓本書問世的筑摩書房編輯部的吉澤麻衣子小姐。

橫山雅彥
中村佐知子

目錄

第 2 部　讓英文的表達方式更加豐富

本書特色

本書有兩個目的，第一個目的是以有組織且系統化的方式，整理各位在國高中所學的零散文法知識，務必讓各位能真正理解這些文法。這也是為什麼會說，本書所收錄的文法都是經過「重新編寫」的原因。

·········· 必須以正統的方式來重新編寫英文文法的理由 ··········

一般我們經常聽到的英文文法基礎，除了被稱為「五大句型」的體系架構，還有「片語」、「子句」及將其拆解歸類後的詞性，如「名詞」、「形容詞」或「副詞」等等的文法元素，此外，所有的句子都能還原成五大句型裡的其中一種。如此一來，無論再長再複雜的句子，也能相當簡單地掌握並運用其句型結構。

五大句型是以英文文法學家 C. T. Onions（Charles Talbut Onions）於二十世紀初所提出的分類為依據，建構出來的英文文法基礎，但發展到現在已與當初的模樣大不相同，導致我們現在常會以自己的方法來詮釋這五大句型。

事實上，英文文法中存在著「縱軸」跟「橫軸」。縱軸即與英文的基本體系架構相關的內容，概括來說就是五大句型。相當於英文文法縱軸的有被動語態、動狀詞（不定詞、動名詞、分詞）等等。然而，若想要開口說，只有五大句型是不夠的。這是因為英文除了縱軸之外，還有橫跨縱軸的「橫軸」，也就是可以適用於一切句型的文法要素，具體而言，即為時態、否定句、疑問句、助動詞等等，我們若不能徹底融會貫通會隨時態而變化的動詞用法，那就絕對無法說好英文。

綜觀學校的教科書與市售的文法書，對於文法具有的縱軸與橫軸，都只是一直線的列出各項內容，因此我們難以窺見文法縱橫交錯的全貌（這也是學校所教的文法被批評為「一點也不實用」的原因之一）。

但是，在編撰彰顯英文體系架構（以五大句型為核心）的教科書與參考書時，時態等課題常又不得不縮減成極小的篇幅。

本書在以做為縱軸的五大句型貫穿全書的同時，以做為橫軸的時態、否定句與疑問句等的造句為輔，進行套用及替換的交叉練習。就這點來說，本書就跟坊間其他文法書截然不同。

例如本書 Unit 1 的主題是「第 1 句型」（縱軸），接著與做為橫軸的「現在式」進行套用及替換的交叉練習，就可以造出「第 1 句型現在式」的肯定句、否定句、疑問句等句子。在以「第 2 句型」（縱軸）為主題的 Unit 2 中，與做為橫軸的「過去式」進行套用及替換的交叉練習，就可以練習造出「第 2 句型過去式」的肯定句、否定句、疑問句等句子。當然，因為做為文法要素的橫軸，適用於所有的句型（能貫穿所有縱軸），所以造出來的現在式肯定句、否定句及疑問句，除了第 1 句型以外，也適用於所有句型。尤其是時態中令初學者大感頭痛的現在完成式，本書特別分出兩個章節來增加練習的份量。

就像這樣，本書為了能多加演練縱橫交錯的「口說實用文法」，下了種種工夫來進行套用及替換的交叉練習。

將英文文法變成實用英文

本書的第二個目的，是為了能將所學的英文文法知識，實際運用在英文對話之中。

其實，說話時若能靈活運用國中英文，那麼進行日常對話幾乎是毫無困難了，若能實際運用高中英文，則能以高水準的英文與

母語人士溝通無礙。但在現實生活中，就算 TOEIC 測驗考了滿分（990 分）——即使 TOEIC 測驗常會被說是大學入學考的延伸、是檢驗英文文法能力的指標——無法開口說英文的人還是大有人在。這到底是為什麼呢？

這是因為「被動的知識」與「主動的知識」之間有著決定性的差異。被動的知識，就是單純「知道」的知識；主動的知識，則是能實際運用在口說上的知識，有一說是這兩者的平均比例是 10:1。換句話說，實際上能說出來的英文以及能主動使用的文法知識，會縮減到只有一個人所具備的被動知識的十分之一，甚至到只有隻字片語的程度。而且，這裡說的還是母語的情況，如果是外國語，還會遇到聽力理解的問題，差異就更大了。這就是很多人會用的單字不到所知單字的十分之一、且說得一口破英文的原因。

為了填補被動知識與主動知識之間的鴻溝，我們將重心放在「聽說教學法（Audio-Lingual Method）」。在 1950 年代中期，這種教學法因由密西根大學的 C.C. Fries（Charles Carpenter Fries）所提出，故也被稱為「密西根教學法（Michigan Method）」，這種教學法的一大特徵是透過「特定模板」大量反覆而內化的「模板練習（Pattern Practice）」。雖然日本在 1970 到 80 年代間也曾引進過「聽說教學法」，但並未正式運用在學校教育之中。

本著溫故知新的想法，我們在研究過聽說教學法後，編寫出了這本能夠將英文文法的被動知識昇華為主動知識的新式練習集，這也是書名中出現「練習」的原因。本書的最大特色，就是你能在進行練習的同時「不斷重溫」英文文法，而不僅僅是學過一遍而已。

何謂「文法刻意練習」

英文的「語意」，就相當於鋼琴曲子所傳達的「感情」吧。鋼琴家為了能專注於情感的表達，必定要練到讓兩手的手指都可以在無

意識下按照琴譜彈奏。英文亦然，為了能集中精力表達對話的「語意」，必須先將英文的「型式」＝「文法」無意識地內化於己身，就像練習鋼琴時不可或缺的哈農，這本「重新編寫的英文文法練習集」——也就是《英文文法刻意練習》便誕生了。

　　就像學鋼琴時做的哈農練習一樣，我們在練習的途中，一定會出現好幾次想大喊投降的時候，可是支撐著你持續下去的「耐力」支柱一旦斷裂，那麼一切就結束了。請務必抱持耐心研讀本書，直到能將書中所做的練習朗朗上口為止。在完成本書的練習之際，相信各位必能切身體會到自己究竟獲得了多麼強大的武器！

本書練習的進行方式

本書是由收錄文法學習必備基礎知識的 Unit 0 與正式練習篇的 Unit 1~19 所構成。

書中各章皆是一邊講解文法系統架構讓你理解，一邊進行口頭練習實際運用。起初要在腦海中一邊運用文法、一邊進行練習，難免會有生硬不暢之感，但在不斷重覆練習後，最終你就不會再意識到文法、將目標 100% 專注於英文語意之上。以鋼琴來說的話，就是手指頭能無意識地舞動，而將精神完全集中在情感表達之上。這套練習方法必須要配合音檔，因此請掃描書中所附的 QR 碼，線上聆聽或下載檔案使用。另外，需要音檔配合的部分，會標記檔案名稱，請選取同名的音檔搭配練習。

在練習篇中出現的英文，尤其是前半部的部分，都是些乍看之下很簡單的內容。但透過這部分的練習，各位應該會不斷體認到，照著讀明明很簡單的英文，若必須直接開口說，卻時常無法流暢說出口。這就是被動知識與主動知識間的差異，若不能克服這一點，無論再過多久，都還是無法用英文對話。所以不管要花費多少時間，希望各位務必要有耐心，在能上手之前，請反覆認真練習。

練習進行的順序是「打開書 ➡ 闔上書」。「打開書」即是先一邊看著英文，一邊反覆練習。音檔有慢速與自然語速兩種，剛開始邊看書邊搭配慢速音檔，在習慣之後，請切換成自然語速（當然，一開始就用自然語速來練習也沒問題）。在熟練打開書練習的狀態後，接下來請將書闔上，重覆同樣的練習。目標是在闔上書的狀態，同樣能夠以自然語速流暢開口說英文。

本書有以下兩種練習進行方式：

1) **Consecutive Drill**（連續練習）
   將新詞彙依序代入句子的練習。

2) **One-Step / Two-Step / Three-Step Drill**
   （1 階段／2 階段／3 階段練習）
   依指示變換句子的練習。

1) *Consecutive Drill* ▼ （連續練習）的進行方式

1 跟著音檔覆誦 Key Sentence（兩次）。全部的英文句子都有中文翻譯，但音檔不會唸出中譯部分。

Key Sentence: Jackie is often in the library.

音檔　　　　　　　　　　　　　　學習者

Jackie is often in the library. ➡　Jackie is often in the library.

Jackie is often in the library. ➡　Jackie is often in the library.

2 接下來會聽到英文單字（或片語），請將該單字（或片語）代入 Key Sentence 之中。

音檔　　　　　　學習者

Jackie and Shelly ➡　Jackie and Shelly are often in the library.

※主詞從 Jackie（第三人稱單數）變成 Jackie and Shelly（第三人稱複數），所以動詞也從 is 變成 are。

12

3 跟著音檔覆誦代入單字（或片語）後的句子（兩次）。

音檔

學習者

Jackie and Shelly are often ➡ in the library.

Jackie and Shelly are often in the library.

Jackie and Shelly are often ➡ in the library.

Jackie and Shelly are often in the library.

4 再次將聽到的英文單字（或片語）代入，成為句子的一部分。

音檔

學習者

always ➡

Jackie and Shelly are always in the library.

5 跟著音檔覆誦代入單字（或片語）後的句子（兩次）。

音檔

學習者

Jackie and Shelly are always ➡ in the library.

Jackie and Shelly are always in the library.

Jackie and Shelly are always ➡ in the library.

Jackie and Shelly are always in the library.

6 不斷按先前步驟重覆「將英文單字（或片語）代入句子」➡ 「跟著音檔覆誦」的步驟直到結束。

2) One-Step ⤴ （1 階段練習）
Two-Step ⤴⤵ （2 階段練習）
Three-Step Drill ⤴⤵⤴ （3 階段練習）的進行方式

1 跟著音檔覆誦英文句子（兩次）。全部的英文句子都有中文翻譯，但音檔不會唸出中譯部分。

音檔	學習者
The supermarket is near ➡ the station.	The supermarket is near the station.
The supermarket is near ➡ the station.	The supermarket is near the station.

2 依照音檔內的指示變換句子。

音檔	學習者
negative ➡	The supermarket isn't near the station.

※negative 是「改成否定句」的意思，其他還會看到 question →「改成疑問句」、change →「變換」等各式各樣的指示。

3 跟著音檔覆誦變換後的句子（兩次）。

音檔	學習者
The supermarket isn't near ➡ the station.	The supermarket isn't near the station.
The supermarket isn't near ➡ the station.	The supermarket isn't near the station.

到目前為止介紹的是 ***One-Step***（1 階段練習）的進行方式。***Two-Step***（2 階段練習）會進行兩階段的變換、***Three-Step Drill***（3 階段練習）則會進行三階段的變換練習。

　　本書練習的目標是要讓你能夠以跟音檔相同的語速開口說英文，所以間隔時間設計得特別短暫。這種「話還沒說完，下一句英文就出現了」的被追趕感，正是「英文文法刻意練習」的醍醐味。請不要放棄、持續練習吧！

Unit 0
確認基礎（詞性／發音規則）

　　做為進入 Unit 1 正式練習之前的說明，我們先從 Unit 0 學習「0.1 詞性的重要性」及「0.2 發音規則」。詞性是英文文法（五大句型）的基礎，不懂詞性的話，就不可能真正學好五大句型。此外，不熟悉發音規則的話，也無法聽懂或說好英文。在進入 Unit 1 之前，讓我們先多讀幾次 Unit 0 的講解，尤其是發音規則的部分，請跟著音檔多加練習吧！

0.1 詞性的重要性 ···

　　要正確、流暢地運用英文，一定要了解「詞性」。詞性指的是字詞的性質分類，不只英文，在所有語言之中，「動詞」、「名詞」和「形容詞」是最重要的三種詞性。

　　「動詞」像是「說」、「走」、「與～相似」等，是「表達動作或狀態的詞性」。

　　「名詞」像是「狗」、「貓」、「甜瓜」、「香蕉」、「美國」、「日本」、「太陽」、「月亮」等，正如其字面意義是「表達名稱的詞性」。也就是「人與事物的名字」。

　　「形容詞」是「形容名詞的詞性」。像是「可愛的狗」、「白色的貓」、「好吃的甜瓜」、「強盛的美國」、「嚴重的事態」、「美麗的月亮」等等，在中文裡就是那些會放在名詞之前的修飾語。

　　動詞、名詞和形容詞可以說是溝通的骨幹，如果在說話或寫字時不使用這三種詞性的詞彙，那麼就會發現自己完全無法與他人對話交流。

　　更進一步為這三種詞性增添色彩的則是「副詞」。副詞的功能是「修飾名詞以外的詞性」。具體來說即是廣泛涵蓋「①動詞、②

形容詞、③副詞、④整個句子」的修飾。例如「快速奔跑」的「快速」，是修飾動詞「奔跑」的副詞。「非常困難」的「非常」是修飾形容詞「困難」的副詞。另外，同樣的「非常」，在「非常快速地奔跑」中則是修飾「快速地」這個副詞。此外，「令人驚訝的是，他被拔擢為社長」的「令人驚訝的是」，則是修飾「他被拔擢為社長」這「整個句子」的副詞。

最後則是「介系詞」。介系詞（in / on / at / under 等等）一定會放在名詞的前面，且做為「連接名詞的轉接頭」。此外，「介系詞＋名詞」會構成一個能夠執行形容詞工作的詞組。這種利用介系詞構成、可以發揮形容詞功能的詞組，被稱為「介系詞片語」（詞組可分為「片語」和「子句」，片語是不包含 SV 的詞組，子句是包含 SV 的詞組）。

a juicy melon　　　　　　多汁的甜瓜（形容詞）
a melon in the box　　　　箱子裡的甜瓜（介系詞片語）

a large population　　　　大量的人口（形容詞）
the population of Tokyo　　東京的人口（介系詞片語）

就像上面呈現出來的，當做為形容詞的部分只有單一詞彙時，就會放在「名詞的前面」，稱為「前置修飾」。另一方面，由介系詞構成、有形容詞功能的介系詞片語，則會放在「名詞的後面」，這種把由兩個詞彙以上構成的詞組，放在名詞後面做修飾的作法，被稱為「後置修飾」。「後置修飾」是英文的一大特徵，且對於英文運用來說非常重要，請好好記住這個重點。

如此一來，關於詞性的準備工作就完成了。請從 Unit 1 開始拭目以待，看看要如何在英文學習上活用這些「詞性」相關的知識吧！

0.2　發音規則 ···

　　世界上的所有語言都是用來說的。即使有寫不出文字的語言，也不存在不能說的語言。也就是說，語言的本質是口說（Speaking），無法開口說的語言學習，可以說是毫無意義的。透過本書學到的英文文法亦同，如果不練習開口說，那就無法真正派上用場。

　　要能將文法運用在口說之上，不可或缺而非學不可的其實還有「發音規則」。也就是將運用文法造出的句子，化為「聲音」的法則。如果缺乏這方面知識，無論學了多少文法，都還是說不好且聽不懂。文法與發音，就如同「車子的兩個輪子」。

　　在正式開始練習之前，我們先來了解主要的發音規則，試著發出聲音來練習吧。音檔會以慢速兩次、自然語速兩次的順序播放。

　　在發音規則中，有些規則在慢慢說時不會用到，所以不會在慢速音檔裡聽到。雖然對於我們（尤其是初學者）來說，不需要硬是每個規則都要用到，但為了能聽懂母語人士的發音，還是必須學會這些發音方式才行。此外，若平常能習慣較快的語速，在實際聽或說時就會覺得特別輕鬆。請好好練習，提升自己的實力吧！

(0.2.1)　連音（linking）

　　「以子音結尾的單字」後面若接「以母音開頭的單字」，在大部分的情況下，結尾的子音就會與開頭的母音相連，也就是有著「連結」之意的「linking」。

a） I'll stand in line.
　　我會去排隊。
　　※stand 的 [d] 與 in 的 [ɪ] 相連，聽起來會像是 [dɪn]。

b） I have a sore throat.
　　我喉嚨痛。
　　※have 的 [v] 與 a 的 [ə] 相連，聽起來會像是 [və]。

Let's try

請聆聽音檔，試著朗讀 a) 與 b)。

Track No.
Unit 0.1

a）I'll stand in line.

b）I have a sore throat.

Further Practice

請一邊注意劃線處的連音（連結）一邊隨音檔覆誦。

Track No.
Unit 0.2

1）I'm from America.
　我來自美國。

2）I look up to my father.
　我崇拜我的父親。

3）Please come on in.
　請進。

4）The story has a good ending.
　這個故事的結局很棒。

5）Let's keep in touch with each other.
　我們彼此保持聯絡吧。

(0.2.2) 語音同化（assimilation）

0.2.2.1

　　當子音的 [t] [d] [s] [z] 後面出現身為半母音的 [j] 時，該子音便會與半母音相連結，變成發 [tʃ] [dʒ] [ʃ] [ʒ] 的音。這樣的變音被稱為

「assimilation」，也就是「同化」的意思，表示兩個發音在被同化後，聽起來會分別像「chu」「dyu」「shu」「ju」的現象。

a） Do it yourself.

請你自己做。

※it 的 [t] 與 yourself 的 [j] 同化，聽起來像是「chur」。

b） Did you watch the baseball game on Friday?

你有看禮拜五的棒球嗎？

※Did 的 [d] 與 you 的 [j] 同化，聽起來會像「dyu」。

003

Let's try

請聆聽音檔，試著朗讀 a) 與 b)。

Track No.
Unit 0.3

a） Do it yourself.

b） Did you watch the baseball game on Friday?

0.2.2.2

[t] [d] [s] [z] 以外的子音，後面若接續半母音 [j]，通常也會發生語音同化的情形。

a） Can you find a taxi for me?

你能幫我叫計程車嗎？

※Can 的 [n] 與 you 的 [j] 同化，聽起來會像「nyu」，find a 間有連音。

b） I love your smile.

我喜歡你的笑容。

※love 的 [v] 與 your 的 [j] 同化，聽起來像是「vyur」。

Let's try

請聆聽音檔，試著朗讀 a）與 b）。

Track No.
Unit 0.4

a） Can you find a taxi for me?

b） I love your smile.

Further Practice

請一邊注意劃線處的同化（assimilation）現象，一邊跟著音檔覆誦以下句子。

Track No.
Unit 0.5

1） I'll miss you.
我會想你的。

2） Which one is yours?
你的是哪一個？

3） I need your help.
我需要你的幫忙。

4） You can put your bag here.
你可以把你的包包放在這裡。

5） May I help you?
需要幫忙嗎？

0.2.3 閃音（flapping）

　　當子音的 [t] 被母音夾在中間時，會輕輕彈動舌頭來發 [t]，而發音會變成近似 [r] 的聲音，這個現象被稱為「flapping」，也就

是彈音化之意，因此閃音也叫做「彈音」，也就是稍微向上捲舌、但不接觸牙齦或上顎，在氣流衝出時，輕彈後瞬間離開，這是美式英文特有的現象。會發生閃音的情況，僅限於 [t] 的前方有重音（stress）時。例如 hotel 的重音是放在 [t] 後面的 [ɛ]，所以 [t] 不會發生閃音。

a） You can see some beautiful flowers over there.

你可以在那邊看到一些美麗的花。

※beautiful 的 [t] 被母音夾在中間，發音變成聽起來近似於「ri」的聲音。flowers over 之間有連音。

b） He got on the train bound for Ueno.

他搭上了往上野的火車。

※got on 間有連音，且 [t] 發閃音，聽起來像是「ga-ron」。像這樣同時發生連音與閃音的情況很常見。

006

Let's try

請聆聽音檔，試著朗讀 a) 與 b)。

Track No.
Unit 0.6

a） You can see some beautiful flowers over there.

b） He got on the train bound for Ueno.

Further Practice

請一邊注意劃線處的閃音（flapping）現象，一邊跟著音檔覆誦以下句子。

Track No.
Unit 0.7

1）Can I have some water, please?
可以請你給我一些水嗎？
※Can I 之間有連音。

2）There are always a lot of people in Shibuya.
澀谷總是非常多人。
※lot of 同時發生閃音與連音。always a、people in 間也有連音。

3）Get out of here.
滾出去。
※Get out 與 out of 同時發生閃音與連音。

4）My daughter has a bit of a cold.
我女兒有點感冒。
※bit of 同時發生閃音與連音。has a、of a 之間有連音。

5）Why don't you use better butter for bread?
你要不要在麵包上用好一點的奶油？
※don't you 間有閃音。

0.2.4 **語音省略（elision）**

0.2.4.1

　　一般來說，當出現相同子音或連續的相似子音時，前面的子音會被省略。這個發音的現象稱為「elision」，也就是部分發音會脫落（省略）的「語音省略」之意。此外，當前面的發音是 [t] [d] 的時候，連續的子音即使並不相似也經常會省略。

a) How do you get to work?

你都怎麼去上班的？

※get 的 [t] 省略不發音。

b) Our friendship will last forever.

我們的友誼會持續到永遠。

※friendship 的 [d]、will 的 [l]、last 的 [t] 省略不發音。

008

Let's try

請聆聽音檔，試著朗讀 a) 與 b)。

a) How do you get to work?

b) Our friendship will last forever.

0.2.4.2

當在 [n] 的後面接 [t]，且後面出現的母音又不是重音，那麼 [t]
會省略不發音。這是美式英文特有的語音省略規則。

※在語速放慢時，也有可能不會使用這個發音規則。

a) She's twenty years old.

她二十歲了。

※twenty 的 [t] 省略不發音，聽起來像是「tweny」。years old 發生連
音。

b) The information on the Internet was false.

網路上的那條資訊是錯的。

※因為 Internet 的第一個 [t] 省略不發音，所以聽起來會像是「Inernet」。
information on 發生連音。Internet 最後的 [t] 也省略不發音。

Let's try

請聆聽音檔，試著朗讀 a) 與 b)。

※ 慢速音檔中沒有運用此發音規則。

Track No.
Unit 0.9

a） She's twenty years old.

b） The information on the Internet was false.

Further Practice

　　請一邊注意劃線處的語音省略（elision）現象，一邊跟著音檔覆誦下面的句子。

Track No.
Unit 0.10

1） Show me the cap, please.
　　請拿那頂鴨舌帽給我看。

2） I'll get some tea.
　　我去拿點茶來。

3） Look at the cute doll.
　　看看那個可愛的洋娃娃。
　　※Look at 之間有連音。

4） It's absolutely the right decision.
　　這絕對是個正確的決定。
　　※It's absolutely 之間有連音。

5） He definitely wanted to watch the new movie.
　　他那時一定很想看那部新電影。

0.2.5 弱化 (weakening)

在句首以外的地方出現由子音 [h] 開頭的人稱代名詞〈he / him / his / her / hers〉時，前面 [h] 的發音將會大幅弱化，這個現象稱為「弱化 (weakening)」，不過，弱化的發音實際上在語速加快時會消失 (不發音)。

a） I have to te<u>ll h</u>er about it.

我必須告訴她這件事。

※her 的 [h] 弱化，tell her 聽起來會像是「teller」。abou<u>t i</u>t 同時發生連音與閃音。

b） I li<u>ke h</u>is performance.

我喜歡他的表演。

※his 的 [h] 弱化，like his 聽起來會像是「likis」。

011

Let's try

請聆聽音檔，試著朗讀 a) 與 b)。在慢速音檔中，[h] 的聲音非常弱，在自然語速時則會完全消失。

Track No.
Unit 0.11

a） I have to te<u>ll h</u>er about it.

b） I li<u>ke h</u>is performance.

Further Practice

　　請一邊注意劃線處的弱化（weakening）現象，一邊跟著音檔覆誦下面的句子。在慢速音檔中，[h] 的聲音非常弱，在自然語速時則會完全消失。

Track No.
Unit 0.12

1） Do you see him often?

你很常見到他嗎？

※him often 間有連音。

2） The news made her excited.

這個消息讓她覺得很興奮。

※excited 中有閃音。

3） Did he come back home late last night?

他昨晚很晚才回家嗎？

※late last night 間有語音省略。

4） I stopped him from smoking.

我制止了他抽菸。

5） His son likes his steak well-done.

他的兒子喜歡全熟的牛排。

※請注意在句首的 His 沒有弱化。His son、his steak 間有語音省略。

0.2.6 鼻音除阻（nasal release）

0.2.6.1

　　在重音節的後面接續 [t] 或 [d]，且後面再接續 [n] 時，[tən] [dən] 會從鼻腔中發出呼氣般的 [n] 聲，前面的 [t] 或 [d] 的發音則會被忽略。這個現象稱為「nasal release」，也就是鼻音不受前面的子音所阻礙的意思。這是美式英文特有的現象，若是英式英文則會完整發出 [tən] [dən] 的音。

a） She's from Great Britain.

她來自英國。

※Britain 的 [tən]，實際在唸時會是舌頭頂住上排牙齒（[t] 的位置）、同時從鼻腔呼氣發鼻音，聽起來會像是「Briun」。Great Britain 間會發生語音省略。

b） Didn't they watch the program?

他們不是有看那個節目嗎？

※再加上 Didn't they 中會發生語音省略，所以聽起來會類似於「din-they」。

013

Let's try

請聆聽音檔，試著朗讀 a) 與 b)。

※慢速音檔中沒有運用此發音規則。

((• Track No.
Unit 0.13 •))

a） She's from Great Britain.

b） Didn't they watch the program?

0.2.6.2

放在輕音節的 and（非重音的 and）只會發 [n] 的音，那是因為接續在 [t] 或 [d] 的後面時，會發生鼻音除阻，這也是美式英文特有的現象。但是，當 and 發 [æn] 的音時，很多人也會同時用上連音（若接在 [t] 之後，還會發生閃音）。

a） We'll have to wait and see.

我們得靜觀其變。

※輕音節的 and 變成只有 [n] 的音，且與前方 wait 的 [t] 發生語音省略，wait and 聽起來會類似於「wai-n」，而在使用連音與閃音的情況下，聽起來則會像是「wai-ran」。

b） Fixing cars is his bread <u>and</u> butter.

修車是他的維生方式。

※輕音節的 and 變成只有 [n] 的音，且與前方 bread 的 [d] 發生語音省略，bread and 聽起來會像是「bre-n」。在連音的情況下，聽起來則會像是「bre-dan」。此外，car<u>s</u> <u>i</u>s 間有連音、<u>is his</u> 發生弱化、bu<u>tt</u>er 則發閃音。

014

Let's try

請聆聽音檔，試著朗讀 a) 與 b)。請分別透過慢速音檔練習 ① 連音（如果是 [t] 時則為閃音）並用自然語速音檔練習 ②鼻音除阻。

Track No.
Unit 0.14

a） We'll have to wait <u>and</u> see.

①連音及閃音
②鼻音除阻

b） Fixing cars is his bread <u>and</u> butter.

①連音
②鼻音除阻。

015

Further Practice

請一邊注意劃線處的鼻音除阻（nasal release），一邊跟著音檔覆誦以下句子。在慢速音檔中的 1~4，沒有運用鼻音除阻。在 5 的慢速音檔裡運用了 ①連音及閃音，在自然語速音檔裡則是運用了 ②鼻音除阻。

Track No.
Unit 0.15

1） He lives in Manha<u>tt</u>an.

他住在曼哈頓。

※live<u>s in</u> 中有連音。

2） A car suddenly stopped.

一輛車突然停了下來。

3） We yelled out from the mountain top.

我們從山頂上大叫了出來。

※yelled out 中有連音。

4） I like the cotton T-shirt.

我喜歡那件棉 T。

5） I'll make you hot and sour soup.

我會做酸辣湯給你。

①連音及閃音

②鼻音除阻

※make you 發生語音同化。

　　以上就是基本的發音規則。請務必先一邊聆聽音檔、一邊認真發出聲音練習，將這些發音規則徹底吸收吧！語言是活的，在現實生活中使用的英文，會受到前後語句的強弱或上下文的脈絡影響，而未必會完全按照發音規則來變化。在熟練這些發音規則後，請從 Unit 1 的訓練開始，好好聆聽音檔，並用心徹底模仿正確的發音及語調。

第 1 部

英文的
基本體系架構

Unit 1
第 1 句型（SV）· 現在式

　　本章將解說身為文法「縱軸」的基本體系架構裡，五大句型中的「第 1 句型」，並學習做為「橫軸」的文法要素中的現在式肯定句、否定句、疑問句的造句方式。在本章出現的所有英文句子皆為第 1 句型。

························ 認識五大句型 ························

　　英文其實是很單純的語言。就像「1＋1＝2」、「2＋2＝4」的簡單算數一樣，就「型式」而言，英文是任誰都學得會的語言。也正因為這樣，才能成為美國──這個由來自各地的移民所組成的多民族國家──所使用的統一語言，並成為今日全球化社會下的共通語言。

　　英文的「型式」即是「五大句型」。對英文母語人士來說，這些「型式」就如同「空氣」，使用時不需多加思考，但對我們而言就不是如此了，必須要特意留意型式，將其內化，才能在使用時免去思考的過程。

```
第 1 句型　S　V
第 2 句型　S　V　C
第 3 句型　S　V　O
第 4 句型　S　V　O₁ O₂
第 5 句型　S　V　O　C
```

　　所有的英文句子都能被分類為這五大句型之一。仔細看就可以發現，從第 1 句型到第 5 句型，毫無例外都是以「SV」開頭。所有英文句子都是由「SV」開始，沒有英文句子的開頭是沒有「SV」的。

S 是「主詞」、V 是「動詞」。S 是進行 V 的「人」、「東西」或「事物」，必定為「名詞」。

在此想問各位一個奇怪的問題：在這些英文句子的要素之中，哪一個是最重要的「主人」呢？若把一個英文句子比喻為一支軍隊，統率兵力（句子要素）的「指揮官」是誰呢？

我想恐怕大部分人都會回答「S」，但這是錯誤的答案。英文句子的指揮官是被稱為「英文的靈魂」的 V。句子之所以能成立，是因為 V，且是由 V 來決定句子的句型為何。「五大句型」其實就是「動詞的五個模式」。換句話說，英文動詞有五種使用型式。在正確運用英文上，最重要的就是必須具備「英文的靈魂是 V」的觀念。

1.1 學習第 1 句型

第 1 句型中使用的動詞稱為「不及物動詞」。因為這種動詞只要有「自己」＝「S」就是一個完整的句子了。第 1 句型的句子，表達的幾乎都是「存在」或「移動」之意。

Time flies.
 S　V
時光飛逝。

The river flows.
　S　　　V
河川流動。

第 1 句型的句子型式只使用 SV 的情況很少見，大多會跟 M 一起使用。M 是指 modifier（修飾語），嚴格來說修飾語是指形容詞跟副詞，但本書中僅以「副詞」做為 M。

Time flies like an arrow.
 S　　V　　　　M
光陰似箭。

在 Unit 0 的 0.1 中，曾說明「介系詞＋名詞」會構成「介系詞片語」（形容詞詞組），但其實介系詞片語還能當成副詞使用（副詞詞組）。

「介系詞＋名詞」做為形容詞使用時，只能放在「名詞後方」。也就是說，若「介系詞＋名詞」不是放在「名詞後方」，皆可以將其判別為 M。

副詞的特徵是即使將副詞拿掉，五大句型還是會成立，也就是說，副詞不會影響句子的結構，且較能自由變換其在句子中的擺放位置。

I go to school by train every day.
S V   M   M   M
我每天都搭火車去上學。

Tomoko lives in Osaka.
S   V   M
Tomoko 住在大阪。

1.2 熟練現在式

1.2.1 be 動詞 ── 肯定句

頻率副詞會放在 be 動詞的後面。

頻率副詞

always	總是
usually	通常
often	經常
sometimes	偶爾

<u>Pat</u> <u>is</u> <u>always</u> <u>in a hurry</u>.
  S   V   M   M

Pat 總是匆匆忙忙的。

<u>Judy and Pat</u> <u>are</u> <u>usually</u> <u>at home</u>.
     S   V   M   M

Judy 與 Pat 通常會在家裡。

Consecutive Drill

將詞彙代入 Key Sentence 之中吧！

Key Sentence:

Jackie is often in the library.（Jackie and Shelly）
Jackie 常常待在圖書館。

1） Jackie and Shelly are often in the library.（always）
Jackie 與 Shelly 常常待在圖書館。

2） Jackie and Shelly are always in the library.（Anik）
Jackie 與 Shelly 總是待在圖書館。

3） Anik is always in the library.（on the go）
Anik 總是待在圖書館。

4） Anik is always on the go.（with his girlfriend）
Anik 總是馬不停蹄。

5） Anik is always with his girlfriend.
Anik 總是和他的女朋友在一起。

(1.2.2) be 動詞 —— 縮寫（人稱代名詞）

當主詞為人稱代名詞（I / we / you / he / she / it / they）時，現在式 be 動詞在口語中幾乎都會以縮寫表達。在本書的練習中，將使用以下縮寫。

第一人稱單數　I am ➡ I'm
第一人稱複數　We are ➡ We're
第二人稱單數／第二人稱複數　You are ➡ You're
第三人稱單數　He is ➡ He's / She is ➡ She's / It is ➡ It's
第三人稱複數　They are ➡ They're

Consecutive Drill ■➡▼■■

018　　019
slow　natural

將詞彙代入 Key Sentence 之中吧！

Track No.
Unit 1.2

Key Sentence:
She's into the oldies these days.（I）
她最近很喜歡老歌。

1）I'm into the oldies these days.（They）
我最近很喜歡老歌。

2）They're into the oldies these days.（He）
他們最近很喜歡老歌。

3）He's into the oldies these days.（into soccer）
他最近很喜歡老歌。

4）He's into soccer these days.（in shape）
他最近很喜歡足球。

5）He's in shape these days.
他最近身體狀況很好。

(1.2.3) be 動詞 —— 縮寫（指示代名詞 that）

當主詞為指示代名詞 that 時，現在式 be 動詞在口語中幾乎都會以縮寫表達。

That is ➡ That's

Consecutive Drill

020 　021
　　slow　　natural

將詞彙代入 Key Sentence 之中吧！

Track No.
Unit 1.3

Key Sentence:
It's in the basement.（They）
它在地下室裡。

1） They're in the basement.（That）
他們在地下室裡。

2） That's in the basement.（in the attic）
那是在地下室裡。

3） That's in the attic.（It）
那是在閣樓裡。

4） It's in the attic.（in the car）
它在閣樓裡。

5） It's in the car.
它在車裡。

1.2.4 be 動詞 —— 否定句

在 be 動詞後方加上 not 即構成否定句。

<u>Max</u> <u>is not</u> <u>in a hurry</u>.
　S　　　V　　　　M
Max 不趕時間。

<u>The students</u> <u>are not</u> <u>in the audio-visual room</u>.
　　　S　　　　　　V　　　　　　　　M
學生們不在視聽室裡。

be 動詞的否定句幾乎都會以縮寫表達。本書在練習中也是使用縮寫。

is not ➡ isn't
are not ➡ aren't

Max <u>isn't</u> in a hurry.
The students <u>aren't</u> in the audio-visual room.

022 023

One-Step Drill

slow natural

請將聽到的句子改成否定句。

Track No.
Unit 1.4

1) The supermarket is near the station.（negative）
那間超市在車站附近。

  ➡ The supermarket isn't near the station.
那間超市不在車站附近。

2) The students are from Italy.（negative）
那些學生來自義大利。

  ➡ The students aren't from Italy.
那些學生並非來自義大利。

3) The army is under his control.（negative）
這支軍隊在他的控制之下。

  ➡ The army isn't under his control.
這支軍隊不在他的控制之下。

4) This book is in our library.（negative）
這本書在我們圖書館裡。

  ➡ This book isn't in our library.
這本書不在我們圖書館裡。

5） The station is within walking distance.（negative）
那個車站走路就可以到。

⮕ The station isn't within walking distance.
那個車站走路到不了。

1.2.5 be動詞 —— 否定句的縮寫（人稱代名詞・指示代名詞 that）

當主詞為人稱代名詞時，除了第一人稱單數（I）以外，其他的
人稱代名詞都有兩種縮寫方式。

第一人稱單數　I am not ⮕ I'm not
第一人稱複數　We are not ⮕ We're not / We aren't
第二人稱單數／第二人稱複數　You are not ⮕ You're not /
　　　　　　　　　　　　　　　　　　　　　　　　You aren't
第三人稱單數　He is not ⮕ He's not / He isn't
　　　　　　　　She is not ⮕ She's not / She isn't
　　　　　　　　It is not ⮕ It's not / It isn't
第三人稱複數　They are not ⮕ They're not / They aren't

指示代名詞的 that 在做為主詞時，也有兩種縮寫方式。

That is not
⮕ That's not / That isn't

<u>She</u> <u>is not</u> <u>on campus</u> <u>now</u>.
　S　　V　　　M　　　　M
她現在不在學校裡。

⮕ <u>She's not</u> on campus now. / She <u>isn't</u> on campus now.

<u>It</u> <u>is not</u> <u>in the luggage.</u>
S　V　　　　M

它不在行李裡面。

➡ <u>It's not</u> in the luggage. / It <u>isn't</u> in the luggage.

前者強調了 not，否定意味更加濃厚。

024　　025
slow　　natural

Two-Step Drill

　　請將聽到的句子改成否定句。所有的主詞均使用人稱代名詞。
如前面提到的，除了第一人稱單數（I）以外，其他的人稱代名詞都
有兩種縮寫方式，以 He is not 為例，當聽到「negative」時，請改
成縮寫 He's not、聽到「change」時則改成縮寫 He isn't。

((• Track No.
Unit 1.5 •))

1）He's in a good temper.（negative）
　　他的心情很好。

　　➡ He's not in a good temper.（change）
　　➡ He isn't in a good temper.
　　　他的心情不好。

2）You're on the warning list.（negative）
　　你在警告名單上。

　　➡ You're not on the warning list.（change）
　　➡ You aren't on the warning list.
　　　你不在警告名單上。

3）They're from Italy.（negative）
　　他們來自義大利。

　　➡ They're not from Italy.（change）
　　➡ They aren't from Italy.
　　　他們並非來自義大利。

4）It's on the table.（negative）
它在桌上。

➡ It's not on the table.（change）
➡ It isn't on the table.
它不在桌上。

5）I'm into baseball.（negative）
我很喜歡棒球。

➡ I'm not into baseball.
我對棒球沒興趣。

1.2.6 be 動詞──疑問句

在將句子改成疑問句時，be 動詞與主詞的位置要對調，書寫時須在句尾加上問號，語調於句尾上揚。

Are you at the airport?
V   S   M
你在機場嗎？

Is your house in the suburbs?
V   S   M
你家在郊區嗎？

026   027

One-Step Drill ↩

slow   natural

請將聽到的句子改造成疑問句。當原句中的主詞是 I 時，請將 I 改成 you。

Track No.
Unit 1.6

1 ） I'm off to work.（question）
我要去上班了。

➡ Are you off to work?
你要去上班了嗎？

2 ） They're from Thailand.（question）
他們來自泰國。

➡ Are they from Thailand?
他們來自泰國嗎？

3 ） He's in a bad mood now.（question）
他現在心情不好。

➡ Is he in a bad mood now?
他現在心情不好嗎？

4 ） Mr. Yabe is at his desk.（question）
Yabe 先生在他的座位上。

➡ Is Mr. Yabe at his desk?
Yabe 先生在他的座位上嗎？

5 ） Those books are for sale.（question）
那些書是要賣的。

➡ Are those books for sale?
那些書有要賣嗎？

1.2.7 一般動詞──肯定句

be 動詞以外的動詞被稱為一般動詞。當主詞為第三人稱單數時，一般動詞的字尾會加上 -s / -es。頻率副詞（always / usually / often / sometimes 等）會放在一般動詞之前。

I study in the library every weekend.
S V   M   M
我每個週末都在圖書館念書。

Ben usually jogs in the morning.
    S   M   V   M

Ben 通常在早上慢跑。

Consecutive Drill

028 slow   029 natural

將詞彙代入 Key Sentence 之中吧！

Track No.
Unit 1.7

Key Sentence:

I usually walk to the station.（Nino）
我通常走路去車站。

1） Nino usually walks to the station. （speak politely）
Nino 通常走路去車站。

2） Nino usually speaks politely. （They）
Nino 通常說話很有禮貌。

3） They usually speak politely. （always）
他們通常說話很有禮貌。

4） They always speak politely. （go to work by train）
他們總是說話很有禮貌。

5） They always go to work by train.
他們總是搭火車上班。

1.2.8 一般動詞——否定句

在將使用一般動詞的句子改造成否定句時，會在動詞之前加上 do not（主詞是第三人稱單數時，會使用 does not）。在這裡使用的 do / does 是助動詞，擔任協助動詞造出否定句或疑問句的角色。

使用助動詞 do / does 時，後面接的動詞都會是原形。此外，因為 do / does 是助動詞而非動詞，因此句型為何仍完全是由動詞的使用方式來決定。

I live with my family.
S V M
我和家人一起住。

➡ I do not live with my family.
S V M
我沒有和家人一起住。

The factory operates on weekends.
　　S　　　V　　　　M
這家工廠週末都會開。

➡ The factory does not operate on weekends.
　　S　　　　　V　　　　　M
這家工廠週末不會開。

　　一般動詞的否定句也多半會使用縮寫。本書中的練習也使用縮寫表達。

do not ➡ don't
does not ➡ doesn't

I don't live with my family.
The factory doesn't operate on weekends.

030 031

One-Step Drill

slow natural

請將聽到的句子改成否定句。

Track No.
Unit 1.8

1） I live in Kamakura. （negative）
我住在鎌倉。

➡ I don't live in Kamakura.
我不住在鎌倉。

2） Ali goes to school by bus. （negative）
Ali 搭公車去上學。

➡ Ali doesn't go to school by bus.
Ali 不是搭公車去上學。

3） The train arrives there at five. （negative）
那班火車五點會抵達那裡。

➡ The train doesn't arrive there at five.
那班火車五點不會抵達那裡。

4） My wife and I walk with our dog every morning.
我和我太太每天早上都會帶狗散步。 （negative）

➡ My wife and I don't walk with our dog every morning.
我和我太太不會每天早上都帶狗散步。

5） The battery lasts for many years. （negative）
那個電池可以用很多年。

➡ The battery doesn't last for many years.
那個電池用不了很多年。

1.2.9 一般動詞──疑問句

在將使用一般動詞的句子改造成疑問句時，會在句首加上 Do（主詞是第三人稱單數時是 Does）。與否定句相同，**Do / Does** 都是助動詞，擔任協助動詞將句子改造成疑問句的角色。此外，使用 **Do / Does** 時，後面都是接續原形動詞。書寫時會在句尾加上問號，語調於句尾上揚。

I always listen to music on the train.
S   M   V   M   M

我總是會在火車上聽音樂。

➡ Do you always listen to music on the train?
  S   M   V   M   M

你總是會在電車上聽音樂嗎？

The class starts at nine.
S   V   M

九點開始上課。

➡ Does the class start at nine?
        S   V   M

九點開始上課嗎？

032　033
slow　natural

One-Step Drill

請將聽到的句子改造成疑問句。當原句中的主詞是 I 時，請將 I
改成 you。

Track No.
Unit 1.9

1）I belong to the tennis club. （question）
我是網球社的。

➡ Do you belong to the tennis club?
你是網球社的嗎？

2）This bus departs at four. （question）
這班巴士在四點發車。

➡ Does this bus depart at four?
這班巴士在四點發車嗎？

3） His parents usually go for a walk together.（question）
他的爸媽通常會一起去散步。

➡ Do his parents usually go for a walk together?
他的爸媽通常會一起去散步嗎？

4） She often speaks in front of people.（question）
她經常在眾人面前發言。

➡ Does she often speak in front of people?
她經常在眾人面前發言嗎？

5） I always stay at a bed and breakfast in Italy.
我在義大利都是住有提供早餐的民宿。　　　　　（question）

➡ Do you always stay at a bed and breakfast in Italy?
你在義大利都是住有提供早餐的民宿嗎？

Unit 2
第 2 句型（SVC）· 過去式

　　本章將解說身為文法基本體系架構的「縱軸」裡，五大句型中的「第 2 句型」，且搭配做為文法要素「橫軸」的「過去式」肯定句、否定句、疑問句的造句方式。在本章出現的所有英文句子皆屬於第 2 句型。

2.1　學習第 2 句型

　　第 2 句型中使用的也是「不及物動詞」。與第 1 句型相同，這種動詞只要有「自己」＝「S」就可以組成一個完整的句子，但在第 2 句型中，動詞的後面會加上 C（補語），而 C 必須是名詞或形容詞。

Hiromi is a tennis player.
　S　V　　　C
Hiromi 是網球選手。

　　「Hiromi」與「網球選手」是同一個人（不是別人），大家有沒有看出這裡「Hiromi」＝「網球選手」的「對等關係」呢？第 2 句型的關鍵就在於這個「對等關係」。

Hiromi was happy with the victory.
　S　　V　　C　　　　M
Hiromi 很開心獲勝。

　　Hiromi ＝ happy 的「對等關係」成立，形容詞做為補語 C。
　　用於第 2 句型的代表性動詞有 be（是～）與 become（成為～），但感官動詞的 feel（感覺起來～）、sound（聽起來～）、taste

（嚐起來～）、smell（聞起來～）、seem / appear / look（看起來～，像是～）等，也很常用在第 2 句型的句子裡。

This blanket feels silky.
　 S 　　 V 　　 C
這條毯子觸感柔滑。

His story sounds strange.
　　 S 　　 V 　　　 C
他的故事聽起來很奇怪。

She seems shy.
　 S 　　 V 　　 C
她看起來很害羞。

He appeared a perfect gentleman.
　 S 　　 V 　　　　　 C
他看起來是個完美的紳士。

　　另外，也會出現原本是用在第 1 句型中的不及物動詞，但在後面加上 C 後，就變成第 2 句型的情況。

He died young.
　 S 　 V 　　 C
他英年早逝。

　　上面這個句子，在語意上成立 He = young 的「對等關係」。這個句子如果直譯成中文會不太好懂，不過可以用「他死了、當時 He = young」來理解，這樣就比較好懂了。

2.2 熟練過去式 ···

2.2.1 be 動詞──過去式（肯定句）

am / is 的過去式 ➡ was

are 的過去式 ➡ were

He <u>was</u> a student at this university.
 S   V   C
他之前是這所大學的學生。

<u>We</u> <u>were</u> interested in her lecture.
 S   V   C   M
我們之前對她的講座有興趣。

Consecutive Drill ➡

034
slow

035
natural

將詞彙代入 Key Sentence 之中吧！

Track No. Unit 2.1

Key Sentence:

I was a member of the committee.（She）
我之前是委員會的成員。

1） She was a member of the committee.（pretty tired）
她之前是委員會的成員。

2） She was pretty tired.（mad at him）
她之前非常疲憊。

3） She was mad at him.（They）
她之前對他很惱火。

4） They were mad at him.（happy with the result）
他們之前對他很惱火。

5） They were happy with the result.
他們之前對結果很滿意。

(2.2.2) **be 動詞——過去式（否定句）**

與現在式相同，在 be 動詞的後面加上 not 即構成否定句，且在大多數情況下都會使用縮寫，但跟現在式不同，在主詞是人稱代名詞（或指示代名詞的 that）時，縮寫方式只有下面這種。

was not ➡ wasn't
were not ➡ weren't

<u>She</u> <u>was not</u> <u>our English teacher</u>.
　S　　V　　　　　C
她以前不是我們的英文老師。
➡ She <u>wasn't</u> our English teacher.

<u>They</u> <u>were not</u> <u>familiar</u> <u>with European history</u>.
　S　　　V　　　C　　　　　　M
他們以前對歐洲的歷史不熟。
➡ They <u>weren't</u> familiar with European history.

036　　037
slow　natural

One-Step Drill

請將聽到的句子改成否定句。

Track No.
Unit 2.2

1） The movie was interesting.（negative）
那部電影很有意思。

➡ The movie wasn't interesting.
那部電影很無趣。

2） The answers were correct.（negative）
那些答案是對的。

➡ The answers weren't correct.
那些答案是錯的。

3） The room was available yesterday.（negative）
那個房間昨天是空的。

➡ The room wasn't available yesterday.
那個房間昨天有住人。

4） He was the owner of the cafe.（negative）
他之前是那間咖啡廳的老闆。

➡ He wasn't the owner of the cafe.
他之前不是那間咖啡廳的老闆。

5） They were very helpful.（negative）
他們以前幫了很多忙。

➡ They weren't very helpful.
他們以前沒幫上什麼忙。

(2.2.3) be 動詞──過去式（疑問句）

　　跟現在式一樣，在將句子改成疑問句時，必須將 be 動詞與主詞的位置對調，書寫時在句尾加上問號，語調於句尾上揚。

His concert was good.
　　S　　　　V　　C
他的演唱會很棒。

➡ Was his concert good?
　　V　　　S　　　C
他的演唱會很棒嗎？

I was a secretary to the CEO.
S　V　　　　C
我以前是那位執行長的祕書。

➡ Were you a secretary to the CEO?
　　　S　　V　　　　　C
你以前是那位執行長的祕書嗎？
※ CEO 是「執行長（chief executive officer）」的縮寫。

One-Step Drill

038 039
slow　natural

請將聽到的句子改造成疑問句。當原句中的主詞是 I 時，請將 I 改成 you。

Track No.
Unit 2.3

1） His lecture was good.（question）
他的講座滿不錯的。
➡ Was his lecture good?
他的講座好嗎？

2） I was a nurse at this clinic.（question）
我之前是這間診所的護理師。
➡ Were you a nurse at this clinic?
你之前是這間診所的護理師嗎？

3） The book was interesting.（question）
那本書很有趣。
➡ Was the book interesting?
那本書有趣嗎？

4） She was a famous singer.（question）
她之前是有名的歌手。
➡ Was she a famous singer?
她之前是有名的歌手嗎？

5） The attendees were familiar with computer programming.（question）
那些出席的人都對電腦程式設計很熟悉。
➡ Were the attendees familiar with computer programming?
那些出席的人都對電腦程式設計很熟悉嗎？

一般動詞──過去式（肯定句）

一般動詞的過去式形態，原則上是在字尾加上 -d / -ed，稱為規則變化。

規則變化的例子

taste ➡ tasted
smell ➡ smelled

也有些動詞的現在式與過去式形態完全不同，這種情形稱為不規則變化，在遇到時必須特別記住。

不規則變化的例子

become ➡ became
get ➡ got
go ➡ went
see ➡ saw
take ➡ took

040 slow　041 natural

Consecutive Drill ⬇

將詞彙代入 Key Sentence 之中吧！

Track No.
Unit 2.4

Key Sentence:
Her soup tasted spicy.（The curry at the restaurant）
她的湯很辣。

1）The curry at the restaurant tasted spicy. （good）
那間餐廳的咖哩很辣。

2）The curry at the restaurant tasted good. （smelled）
那間餐廳的咖哩很好吃。

3） The curry at the restaurant smelled good.

那間餐廳的咖哩聞起來很香。　　（The flowers in the vase）

4） The flowers in the vase smelled good.（fresh）

那個花瓶裡的花聞起來很香。

5） The flowers in the vase smelled fresh.

那個花瓶裡的花聞起來很新鮮。

2.2.5 一般動詞——過去式（否定句）

　　在將使用一般動詞的句子改造成否定句時，會在動詞之前加上 did not。在現在式的否定句中，會因搭配的人稱不同而分為 do not 與 does not，但在過去式時，無論人稱為何，皆使用 did not。此外，因為 did 為助動詞，後面接續的都會是原形動詞。

<u>Nancy</u> <u>did not look</u> <u>angry</u>.
　S　　　　V　　　　C

Nancy 那時看起來沒有生氣。

　　在這個情況下多半會使用縮寫，縮寫的方式只有 didn't。本書中的練習也都是用縮寫。

<u>Nancy</u> <u>did not look</u> <u>angry</u>.
　S　　　　V　　　　C

Nancy 那時看起來沒有生氣。

➡ <u>Nancy</u> <u>didn't</u> look angry.

<u>The peach</u> <u>did not smell</u> <u>so good</u>.
　　S　　　　　V　　　　　C

那顆桃子聞起來不怎麼好吃。

➡ <u>The peach</u> <u>didn't</u> smell so good.

One-Step Drill

042 043
slow natural

請將聽到的句子改成否定句。

Track No.
Unit 2.5

1) I fell asleep during the movie. （negative）
我在看那部電影的時候睡著了。

➡ I didn't fall asleep during the movie.
我在看那部電影的時候沒有睡著。

2) He seemed fine yesterday. （negative）
他昨天看起來狀態不錯。

➡ He didn't seem fine yesterday.
他昨天看起來狀態不佳。

3) The idea sounded good to me. （negative）
那個點子我覺得聽起來不錯。

➡ The idea didn't sound good to me.
那個點子我覺得聽起來不怎麼樣。

4) The manager got mad at his mistake. （negative）
經理對他犯的錯大發雷霆。

➡ The manager didn't get mad at his mistake.
經理沒有對他犯的錯大發雷霆。

5) Her son became a doctor. （negative）
她的兒子成為了醫生。

➡ Her son didn't become a doctor.
她的兒子沒有成為醫生。

一般動詞——過去式（疑問句）

　　在將一般動詞的句子改造成疑問句時，會在句首加上 Did。無論人稱為何，皆使用 Did。這個 Did 是助動詞，後面會接續原形動詞。書寫時會在句尾加上問號，語調於句尾上揚。

The pasta tasted good.
　　S　　　V　　　C
那個義大利麵很好吃。

➡ Did the pasta taste good?
　　　　S　　　V　　　C
那個義大利麵好吃嗎？

044　　045
slow　natural

One-Step Drill

　　請將聽到的句子改造成疑問句。當原句中的主詞是 I 時，請將 I 改成 you。

Track No.
Unit 2.6

1） I felt satisfied with the test results. （question）
我對考試結果覺得滿意。

　➡ Did you feel satisfied with the test results?
　　你對考試結果覺得滿意嗎？

2） They kept quiet in class. （question）
他們在上課時保持安靜。

　➡ Did they keep quiet in class?
　　他們在上課時有保持安靜嗎？

3） Miyu looked well on Monday. （question）

Miyu 在星期一的時候看起來狀態不錯。

➡ Did Miyu look well on Monday?

Miyu 在星期一的時候看起來狀態好嗎？

4） Most graduates from this department became teachers. （question）

這個科系的畢業生大部分都會成為老師。

➡ Did most graduates from this department become teachers?

這個科系的畢業生大部分都會成為老師嗎？

5） The company went bankrupt. （question）

那間公司破產了。

➡ Did the company go bankrupt?

那間公司破產了嗎？

Unit 3
第 3 句型（SVO）· 現在進行式／助動詞

　　本章將學習身為文法基本體系架構的「縱軸」裡，五大句型中的「第 3 句型」，並與做為「橫軸」的文法要素搭配，使用「現在進行式」與「助動詞」的肯定句、否定句、疑問句的造句方式。在本章出現的所有英文句子，除了用來比較的例句之外，其他皆為第 3 句型。

3.1　學習第 3 句型

　　相較於第 1 與第 2 句型所使用的「不及物動詞」，從第 3 到第 5 句型都是使用「及物動詞」。及物動詞指的是後面會觸及「其他人事物」的動詞，也就是會接續「與 S 不同的人、事、物」的動詞。這裡的「其他人事物」稱為「受詞」（object）。做為標示的 O 是 object 的第一個字母，而 O 必須是「名詞」。

He became a lawyer.
　S　　V　　　C
他成為了律師。（第 2 句型）

He hired a lawyer.
　S　　V　　　O
他聘請了律師。（第 3 句型）

　　在第 2 句型的句子裡會成立 He ＝ a lawyer（他＝律師）的「對等關係」，但在第 3 句型的句子中 He ≠ a lawyer（他≠律師）。

　　因為決定句型的是動詞，所以 He 與 a lawyer 間是否成立對等

關係（a lawyer 是 C 還是 O），必須視動詞而定。換句話說，「對等關係」的成立與否是由動詞決定的，而非先確定「對等關係」的存在再決定動詞。使用不及物動詞的 become（成為～）就會是第 2 句型、使用及物動詞的 hire（聘請～）則會變成第 3 句型，重點在於「使用的是不及物動詞還是及物動詞」。

就像我們在 Unit 1 所說的，若將英文句子比喻成軍隊，那麼動詞就是指揮官。在使用英文時，必須隨時留意該動詞是不及物還是及物，請一定要查字典確認並牢牢記住。

3.2　熟練現在進行式與助動詞

3.2.1 現在進行式（肯定句）

現在進行式的型式是〈be 動詞＋-ing〉，主要表達「進行中的動作」及「預計在近期確實會發生的事」。

用在進行式中的 be 動詞，和在將一般動詞的句子改成否定句或疑問句時，所使用的 do / does（過去式 did）同樣都是助動詞。因為這裡的 be 動詞只是協助動詞表達「現在進行」的語意，所以這裡的 be 動詞既不是不及物也不是及物動詞。當在判斷句型時，會將〈be 動詞＋-ing〉整個詞組視為 V。

Ken is taking the test now.
　S　　　V　　　O　　M
Ken 現在正在考試。

The Browns are leaving this city in March.
　　S　　　　　V　　　　O　　　　M
Brown 夫婦將在三月離開這座城市。
（這是預計在近期確實會發生的事）

Consecutive Drill ━━▼━━

將詞彙代入 Key Sentence 之中吧！

Track No.
Unit 3.1

Key Sentence:
The girl is walking her dog.（John）
那個女孩正在遛狗。

1） John is walking his dog.（leave his office）
John 正在遛狗。

2） John is leaving his office.（My sister）
John 正要離開辦公室。

3） My sister is leaving her office.
我姊姊正要離開辦公室。　　　　　　（launch a new business）

4） My sister is launching a new business.
我姊姊打算要發展新事業。　　　　（My former coworkers）

5） My former coworkers are launching a new business.
我以前的同事打算要發展新事業。

3.2.2 現在進行式──肯定句的縮寫
（人稱代名詞．指示代名詞 that）

　　當主詞為人稱代名詞（或指示代名詞 that）時，現在進行式也會以縮寫表達。在本書的練習中，將會使用下面這些縮寫方式。

I am ➡ I'm	She is ➡ She's
We are ➡ We're	It is ➡ It's
You are ➡ You're	They are ➡ They're
He is ➡ He's	That is ➡ That's

Consecutive Drill

將詞彙代入 Key Sentence 之中吧！

((Track No.
Unit 3.2))

Key Sentence:
He's doing his homework.（They）
他正在做回家作業。

1） They're doing their homework.（She）
他們正在做回家作業。

2） She's doing her homework.（take a short break）
她正在做回家作業。

3） She's taking a short break.（do a good job）
她正在稍微休息一下。

4） She's doing a good job.（You）
她做得很好。

5） You're doing a good job.
你做得很好。

(3.2.3) 現在進行式──否定句

將現在進行式的肯定句改成否定句時，會在 be 動詞之後加上 not。

<u>Ken</u> <u>is not attending</u> <u>today's meeting</u>.
  S   V   O
Ken 不會來參加今天的會議。

<u>The students</u> <u>are not discussing</u> <u>the matter</u> <u>so seriously</u>.
     S   V   O   M
學生們沒有那麼認真地在討論那件事

在現在進行式的句子裡，be 動詞的否定一般也同樣是用〈isn't / aren't〉的縮寫方式。

Ken <u>isn't</u> attending today's meeting.
The students <u>aren't</u> discussing the matter so seriously.

050　051
slow　natural

One-Step Drill

請將聽到的句子改成否定句型式。be 動詞請用縮寫〈isn't / aren't〉表達。

Track No.
Unit 3.3

1） The flight is leaving Narita Airport soon. （negative）
那班飛機馬上要從成田機場起飛了。

　➡ The flight isn't leaving Narita Airport soon.
　那班飛機沒有要馬上從成田機場起飛。

2） People are requesting the politician's resignation.
民眾正在要求那位政治人物辭職。　　　　　　（negative）

　➡ People aren't requesting the politician's resignation.
　民眾並未要求那位政治人物辭職。

3） Yuka is blaming you. （negative）
Yuka 在怪你。

　➡ Yuka isn't blaming you.
　Yuka 沒有在怪你。

4） The pedestrians are wearing masks. （negative）
行人戴著口罩。

　➡ The pedestrians aren't wearing masks.
　行人沒有戴著口罩。

5） The students are showing a lot of interest in the task.

學生們對於這項任務展現出了極大的興趣。　　　　（negative）

➡ The students aren't showing a lot of interest in the task.

學生們對於這項任務不是很有興趣。

3.2.4　現在進行式──否定句的縮寫

當現在進行式的否定句，是以人稱代名詞（以及指示代名詞的 that）做為主詞時，就會與 be 動詞的否定句相同，除了第一人稱單數（I）外，都會有兩種縮寫方式。

<u>I</u> <u>am not kidding</u> <u>you</u>.
S　　V　　　　O

我沒有在跟你開玩笑。

➡ <u>I'm not</u> kidding you.

<u>He</u> <u>is not joining</u> <u>the international conference</u>.
S　　V　　　　　　O

他不打算參加那場國際會議。

➡ <u>He's not</u> joining the international conference. /
<u>He isn't</u> joining the international conference.

<u>They</u> <u>are not enjoying</u> <u>the activity</u>.
S　　　V　　　　　O

他們不喜歡這個活動。

➡ <u>They're not</u> enjoying the activity. /
<u>They aren't</u> enjoying the activity.

Two-Step Drill

請將聽到的句子改成否定句。這些句子中的主詞均為人稱代名詞。除了第一人稱單數（I）以外，縮寫方式都有兩種。以 He is not 為例，在聽到「negative」時請改用縮寫 He's not、聽到「change」時則改用縮寫 He isn't。

Track No.
Unit 3.4

1） They're discussing the problem now.（negative）
他們現在正在討論那個問題。

　➡ They're not discussing the problem now.（change）
　➡ They aren't discussing the problem now.
　　他們現在沒有在討論那個問題。

2） I'm expecting his attendance.（negative）
我在期待他會出席。

　➡ I'm not expecting his attendance.
　　我沒有在期待他會出席。

3） She's wearing a school uniform.（negative）
她穿著學校制服。

　➡ She's not wearing a school uniform.（change）
　➡ She isn't wearing a school uniform.
　　她沒有穿著學校制服。

4） We're making great progress under his coaching.

我們在他的指導之下進步很多。 （negative）

➡ We're not making great progress under his coaching. （change）

➡ We aren't making great progress under his coaching.

我們在他的指導之下沒什麼進步。

5） I'm using my own computer. （negative）

我正在用的是我自己的電腦。

➡ I'm not using my own computer.

我正在用的不是我自己的電腦。

3.2.5 現在進行式──疑問句

在將現在進行式的句子改造成疑問句時，必須將 be 動詞（助動詞）與主詞的位置對調，書寫時會在句尾加上問號，語調於句尾上揚。

He's attending the board meeting this afternoon.
S   V   O   M

他今天下午會出席董事會會議。

➡ Is he attending the board meeting this afternoon?
   S   V   O   M

他今天下午會出席董事會會議嗎？

She's watching TV in the living room now.
S   V   O   M   M

她現在正在客廳裡看電視。

➡ Is she watching TV in the living room now?
  S   V   O   M   M

她現在正在客廳裡看電視嗎？

One-Step Drill

請將聽到的句子改造成疑問句。當原句中的主詞是 I 時，請將 I 改成 you。

Track No.
Unit 3.5

1） I'm reading a mystery novel. （question）
我正在看一本懸疑小說。
➡ Are you reading a mystery novel?
你正在看一本懸疑小說嗎？

2） He's leaving the office soon. （question）
他馬上就要離開辦公室了。
➡ Is he leaving the office soon?
他馬上就要離開辦公室了嗎？

3） They're organizing a big event. （question）
他們正在策劃一場大型活動。
➡ Are they organizing a big event?
他們正在策劃一場大型活動嗎？

4） I'm enjoying the party. （question）
我正在派對上玩得開心。
➡ Are you enjoying the party?
你正在派對上開心玩樂嗎？

5） Nora is practicing judo now. （question）
Nora 現在正在練習柔道。
➡ Is Nora practicing judo now?
Nora 現在正在練習柔道嗎？

3.2.6 助動詞——肯定句

這裡的助動詞是指「情態助動詞」，表達出如「應該～」、「能夠～」、「必須～」、「也許～」、「不得不～」等等情緒和狀態，會在想要為動詞賦予說話者的「主觀」意識時使用。雖然用來構成否定句與疑問句的 do / does（過去式時是 did），以及現在進行式的句子裡會使用的 be 動詞（其他還有被動語態的 be 動詞及現在完成式的 have / has 等，這些助動詞將在後面的章節學到）也都是助動詞，但這些助動詞都僅與「句子結構」有關，嚴格來說應該稱它們為「一般助動詞」。與一般助動詞不同的是，情態助動詞會表現出說話者的「主觀意識」。

一般而言，我們在說到助動詞時，指的都是情態助動詞。本書亦然，若沒有特別說明，「助動詞」都是指情態助動詞。

助動詞後面的動詞皆為原形。且因助動詞不是動詞，所以即使主詞是第三人稱單數，也不需要加上 -s / -es（只有 have to 在遇到主詞是第三人稱單數時會變成 has to）。

助動詞有著各式各樣的意思和用法，雖然我們在這裡無法鉅細靡遺地一一闡述，但還是可以好好學習和掌握這些助動詞的主要核心概念！

3.2.6.1 will / shall　未來・意志

I will perform a dance in the school festival.
S　V　　　　O　　　　　M

我將會在校慶時表演跳舞。（未來）
我打算在校慶時表演跳舞。（意志）

在現代英文（尤其是美式英文）中幾乎不會用到 shall，就算真的用到，也僅限第一人稱使用。

will 的過去式是 would，shall 的過去式是 should。

當主詞是人稱代名詞，後方接續使用助動詞 will 時，在口語中多半會使用縮寫。

第一人稱單數　I will ➡ I'll
第一人稱複數　We will ➡ We'll
第二人稱單數／第二人稱複數　You will ➡ You'll
第三人稱單數　He will ➡ He'll
　　　　　　　She will ➡ She'll
　　　　　　　It will ➡ It'll
第三人稱複數　They will ➡ They'll

指示代名詞 that 也會使用縮寫。
That will ➡ That'll

I will bring some wine to Alice's home.
S　V　　　O　　　　　　M
我會帶一些紅酒去 Alice 家。

➡ I'll bring some wine to Alice's home.

3.2.6.2 can 可能性・許可

You can make an appointment online.
　S　　V　　　　O　　　　　M
你可以在線上預約。（可能性）
你在線上預約也可以。（許可）

當將 can 改為過去式的 Could 時，語氣會變得比較委婉（不單刀直入且較含蓄保守的感覺）。

You could make an appointment online.
S   V   O   M

你也許可以在線上預約。（委婉表達可能性）
你在線上預約也許也可以。（委婉表達許可）

當在句中看到 could，必須要透過上下文來判斷究竟是 can 的委婉用法，還是表示「過去能夠」的事實用法。

3.2.6.3 should 義務

You should brush your teeth after each meal.
S   V   O   M

你每餐飯後都應該要刷牙。

should 沒有過去式形態。請注意不要跟做為 shall 過去式的 should 混淆。

3.2.6.4 may 推測・許可

She may join the workshop on Friday.
S   V   O   M

她星期五可能會參加工作坊。（推測）
她星期五要參加工作坊也可以。（許可）

當 may 變成過去式形態的 might 時，語氣會變得較為委婉（不直接且較保守的感覺）。

She might join the workshop on Friday.
S   V   O   M

她星期五或許可能會參加工作坊。（委婉推測）
她星期五要參加工作坊或許也可以。（委婉許可）

2.2.6.5 must / have to 義務・強烈推測

<u>Students</u> <u>must wear</u> <u>uniforms</u> <u>at my school</u>.
　 S　　　　V　　　　O　　　　　M
<u>Students</u> <u>have to wear</u> <u>uniforms</u> <u>at my school</u>.
　 S　　　　　V　　　　　O　　　　　M
我學校的學生<u>必須</u>穿制服。（義務）

<u>You</u> <u>must be telling</u> <u>a lie</u>.
 S　　　　V　　　　　O
<u>You</u> <u>have to be telling</u> <u>a lie</u>.
 S　　　　V　　　　　O
你<u>一定是</u>在説謊。（強烈推測）

在主詞是第三人稱單數時，have to 會變成 has to。

<u>She</u> <u>has to see</u> <u>a doctor</u>.
 S　　　V　　　　O
她必須去看醫生。

have to / has to 可以跟 will 或 may 等其他助動詞搭配使用，但無論主詞的人稱為何，在助動詞之後都會使用 have to。

<u>She'll</u> <u>have to see</u> <u>him</u> <u>in a few days</u>.
　 S　　　　V　　　　O　　　　M
她在幾天後必須和他見面。

must 沒有過去式，因此必須改用 have to / has to 的過去式 had to 來替代。

Consecutive Drill

056 057
slow natural

將詞彙代入 Key Sentence 之中吧！

(Track No.)
Unit 3.6

Key Sentence:
She'll get good scores in the next exam.（should）
她下次考試會拿到好成績的。

1） She should get good scores in the next exam.（You）
她下次考試應該要拿到好成績。

2） You should get good scores in the next exam.
你下次考試應該要拿到好成績。 （have to）

3） You have to get good scores in the next exam.（He）
你下次考試必須拿到好成績。

4） He has to get good scores in the next exam.（may）
他下次考試必須拿到好成績。

5） He may get good scores in the next exam.
他下次考試也許會拿到好成績。

(3.2.7) be 助動詞——否定句

將助動詞的句子改成否定句時，會在助動詞的後面加上 not。

I will not take him to the party.
S   V   O   M
我不會帶他去派對。

She cannot sing the song well. ※cannot 是一個字。
S   V   O   M
她沒辦法唱好這首歌。

Willy should not eat so much greasy food.

S   V   O

Willy 不應該吃那麼多油膩的食物。

3.2.7.1 may 的否定（may not）

may 的否定型式（may not）除了表達「推測」之外，還有「溫和禁止」的語意。

They may not attend the event.

S   V   O

他們也許不會參加那場活動。（推測）

You may not enter the site.

S   V   O

你不可以進去那個地方。（溫和禁止）

3.2.7.2 have to / has to 的否定句

have to / has to 的否定型式是 don't have to / doesn't have to。雖然 must 與 have to[has to] 在肯定句中的意思幾乎相同，但在否定句時，must not 的意思會變成「強烈禁止」、don't have to / doesn't have to 則會變成「不必要」的意思，請特別注意。

You must not say such a thing.

S   V   O

你絕對不准說這種話。（強烈禁止）

Students don't have to wear uniforms at my school.

S   V   O   M

我學校的學生不必穿制服。（不必要）

She doesn't have to see a doctor.
S   V   O

她不必去看醫生。（不必要）

助動詞的否定句也大多會使用縮寫。

will not ➡ won't
cannot ➡ can't
could not ➡ couldn't
should not ➡ shouldn't
must not ➡ mustn't

※may not / might not 沒有縮寫形態。shall not 雖然有縮寫 shan't，但已不
會出現在現代英文之中了。

在人稱代名詞（及指示代名詞 that）之後接續使用 will 時，會使
用 I'll / We'll / You'll / He'll / She'll / It'll / They'll / That'll 等縮
寫，但在否定時，I'll not 及 We'll not 的說法非常少見，一般都會
用 I won't 及 We won't。

They will not play a video game tonight.
S   V   O   M

他們今晚不會打電動。
➡ They won't play a video game tonight.

We cannot see the lake from here.
S   V   O   M

我們從這裡看不到那個湖。
➡ We can't see the lake from here.

You should not binge-watch dramas day after day.
S   V   O   M

你不該每天都在追劇。
➡ You shouldn't binge-watch dramas day after day.

You <u>must not touch</u> <u>the machine</u>.
　S　　　V　　　　　O

你絕對不准碰那台機器。

➡ You <u>mustn't</u> touch the machine.

He <u>may not pass</u> <u>the exam</u>.
　S　　　V　　　　O

他也許無法通過考試。

One-Step Drill

058　　059
slow　natural

請將聽到的句子改成否定句。助動詞的否定型式請用縮寫表達。

Track No.
Unit 3.7

1） The sequel to the movie will attract large audiences.

這部電影的續集將會吸引大量觀眾。　　　　　　（negative）

➡ The sequel to the movie won't attract large audiences.

這部電影的續集不會吸引大量觀眾。

2） You must take this medicine after meals.（negative）

這個藥你必須在飯後吃。

➡ You mustn't take this medicine after meals.

這個藥你絕對不能在飯後吃。

3） We can sell this item on the Internet.（negative）

我們可以在網路上販售這個商品。

➡ We can't sell this item on the Internet.

我們無法在網路上販售這個商品。

4） You have to wear a coat today. （negative）
你今天必須穿大衣。

➡ You don't have to wear a coat today.
你今天不必穿大衣。

5） Harry could bench-press a hundred kilos. （negative）
Harry 應該可以臥推一百公斤。（can 的委婉用法）
Harry 以前可以臥推一百公斤。（過去事實）

➡ Harry couldn't bench-press a hundred kilos.
Harry 應該無法臥推一百公斤。（can 的委婉用法）
Harry 以前無法臥推一百公斤。（過去事實）

(3.2.8) 助動詞──疑問句

在將助動詞的句子改成疑問句時，必須將助動詞與主詞的位置對調，書寫時須在句尾加上問號，語調於句尾上揚。

Will you take him to the party?
　S　　V　O　　　M
你會帶他去那場派對嗎？

Can I reach you by email?
　S　V　　O　　M
我可以用電子郵件與你聯絡嗎？

3.2.8.1 have to / has to 的疑問句

have to / has to 的疑問句與一般動詞的疑問句一樣，都是使用 Do / Does。雖然 must 與 have to[has to] 在否定句時的語意並不相同，但在疑問句時卻幾乎是一模一樣的意思（與肯定句的情況相同）。

Do students have to wear uniforms at your school?
　　S　　　　V　　　　O　　　　　　M

你學校的學生必須穿制服嗎？

Does she have to see a doctor?
　　　S　　　V　　　　O

她有必要去看醫生嗎？

3.2.8.2

Will / Would you? 可以表示「請求」或「指示」。

Will you help me?
　　　S　　V　　O

你可以幫我嗎？

3.2.8.3

Shall I ~ ? / Shall we ~ ? 表示「邀請」、「提議」或「勸誘」。

Shall I carry your bag?
　　　S　　V　　　O

要不要我幫你拿包包？

3.2.8.4

　　May I ~ ? 是禮貌地向對方要求「許可」，表示「我可以～嗎？」的表達方式。

　　因為這種表達方式會給人非常正式且拘謹的感覺，所以如果是和熟悉的對象說話，一般會用 Can I ~ ? 表達。

May I borrow your pen?
　　　S　　　V　　　O

我可以跟您借筆嗎？

One-Step Drill

slow   natural

請將聽到的句子改造成疑問句。當原句中的主詞為 I / you 時，請將其改為 you / I。

Track No.
Unit 3.8

1） I'll take the Latin course.（question）
我會去上拉丁文課。

➡ Will you take the Latin course?
你會去上拉丁文課嗎？

2） Barry can afford the car.（question）
Barry 可以買得起那台車。

➡ Can Barry afford the car?
Barry 可以買得起那台車嗎？

3） You should tell the truth to her.（question）
你應該把真相告訴她。

➡ Should I tell the truth to her?
我應該把真相告訴她嗎？

4） You have to wear a helmet here.（question）
你在這裡必須戴安全帽。

➡ Do I have to wear a helmet here?
我在這裡必須戴安全帽嗎？

5） Takumi will have to join the seminar.（question）
Takumi 將必須參加那場研討會。

➡ Will Takumi have to join the seminar?
Takumi 將必須參加那場研討會嗎？

Unit 4
第 4 句型（SVOO）

本章將學習身為文法基本體系架構的「縱軸」裡，五大句型中的「第 4 句型」。這部分的一大重點就是「第 4 句型」和「第 3 句型」之間的轉換方式。除此之外，亦會將在 Unit 1 到 Unit 3 所學、可以適用一切句型的文法要素「橫軸」全部複習一次。除了轉換成第 3 句型的口語練習之外，本章所有的英文句子皆為第 4 句型。

4.1 第4句型 · 肯定句

第 4 句型的句子裡用的是「後面會接續兩個 O（受詞）的及物動詞」，最具代表性的及物動詞例子是 give。

I gave my mother a bouquet of red carnations.
S V O_1 O_2
我給了我媽媽一束紅色康乃馨。

從〈I ≠ my mother〉可以馬上得知 my mother 是 O，另一方面，a bouquet of red carnations 也是 gave 的 O。就像上面這個句子，在第 4 句型裡出現的兩個 O 中，第一個 O 稱為「O_1」、第二個 O 稱為「O_2」。這個句型的基本翻譯是「S 對於 O_1 將 O_2 做出 V 動作」，構成「O_1 擁有 O_2」的關係。

比較 O_1 及 O_2 兩個受詞，各位有沒有看出 O_2 是兩個 O 之間比較重要的那一個呢？以句子結構來看，「我給了媽媽」不是一個完整的句子，但「我給了一束紅色康乃馨」則有達到構成一個句子的最低標準。因此，O_1 也稱為「IO」、O_2 則稱為「DO」。IO 是 indirect object（間接受詞）、DO 是 direct object（直接受詞），也就是說，比較不重要的是「間接」、比較重要的則是「直接」。

Consecutive Drill ⬇

slow natural

將詞彙代入 Key Sentence 之中吧！

Track No.
Unit 4.1

Key Sentence:

The teacher gives us advice.（will give）
那位老師會給我們建議。

1） The teacher will give us advice.（him）
那位老師將會給我們建議。

2） The teacher will give him advice.（is giving）
那位老師將會給他建議。

3） The teacher is giving him advice.（She）
那位老師正在給他建議。

4） She's giving him advice.（gave）
她正在給他建議。

5） She gave him advice.
她給了他建議。

4.2 第4句型・否定句 ···

One-Step Drill ↪

slow natural

請將聽到的句子改成否定句。

Track No.
Unit 4.2

1） The paper tells people the truth.（negative）
這家報紙告訴人們真相。

➡ The paper doesn't tell people the truth.
這家報紙沒有告訴人們真相。

2）He left me a message. （negative）
　　他留給了我一條訊息。

　　➡ He didn't leave me a message.
　　　他沒有給我留訊息。

3）He read his son Peter Pan last night. （negative）
　　他昨晚為他兒子唸了彼得潘。

　　➡ He didn't read his son Peter Pan last night.
　　　他昨晚沒有為他兒子唸彼得潘。

4）She cooked me dinner last night. （negative）
　　她昨晚為我做了晚餐。

　　➡ She didn't cook me dinner last night.
　　　她昨晚沒有為我做晚餐。

5）She teaches us politics at college. （negative）
　　她在大學教我們政治學。

　　➡ She doesn't teach us politics at college.
　　　她在大學不是教我們政治學。

4.3　第4句型 · 疑問句

One-Step Drill

066 slow　067 natural

　　請將聽到的句子改造成疑問句。當原句中有 I / my / me 時，請改成 you / your / you，出現 your 時改為 my。

Track No.
Unit 4.3

1）I read my kid a bedtime story last night. （question）
　　我昨晚為我的孩子唸了睡前故事。

　　➡ Did you read your kid a bedtime story last night?
　　　你昨晚有為你的孩子唸睡前故事嗎？

2） I'll give him your message. （question）

我會告訴他你的留言。

➡ Will you give him my message?

你會告訴他我的留言嗎？

3） I sent him a thank-you letter. （question）

我寄給他一封感謝信了。

➡ Did you send him a thank-you letter?

你寄給他一封感謝信了嗎？

4） He's making me chicken soup. （question）

他正在為我做雞湯。

➡ Is he making you chicken soup?

他正在為你做雞湯嗎？

5） I lent her my dictionary. （question）

我借給了她我的字典。

➡ Did you lend her your dictionary?

你借了她你的字典嗎？

4.4 從第 4 句型變換為第 3 句型 ① ···················

第 4 句型的句子，原則上可以改寫成第 3 句型。當然，會做為第 3 句型中的 O 的是在第 4 句型結構上較為重要的 O_2（DO）。O_1 則是以〈介系詞＋O_1〉的型式當作 M 使用，在這裡出現的介系詞，大多是 to 或 for。

> 從第 4 句型變換為第 3 句型時，
> 主要會使用介系詞 to 的動詞
> give（給予）/ hand（遞交）/ lend（借出）/ offer（提供）/
> pay（支付）/ sell（銷售）/ send（發送）/ show（給他人看）/
> teach（教導）/ tell（告訴）/ write（書寫）

I gave him advice. （第 4 句型）
S V O₁ O₂

➡ I gave advice to him. （第 3 句型）
S V O M

我給了他建議。

068 069
slow natural

One-Step Drill

請運用介系詞 to 將聽到的第 4 句型的句子變換為第 3 句型的句子。

Track No.
Unit 4.4

1） The shop always gives us a discount. （change）
這間店總是會給我們折扣。

➡ The shop always gives a discount to us.
這間店總是會幫我們打折。

2） I'll lend you some money. （change）
我會借你一些錢。

➡ I'll lend some money to you.
我會借一些錢給你。

3） Naomi showed me some pictures of her hometown.
Naomi 給我看了一些她老家的照片。　　　　　（change）

➡ Naomi showed some pictures of her hometown to me.
Naomi 拿了一些她老家的照片給我看。

4） He's writing Kate a birthday message.（change）
他正在寫給 Kate 的生日祝福。

➡️ He's writing a birthday message to Kate.
他正在寫生日祝福給 Kate。

5） The website will offer you useful information.（change）
這個網站會提供你有用的資訊。

➡️ The website will offer useful information to you.
這個網站會提供有用的資訊給你。

4.5　從第 4 句型變換為第 3 句型 ②

從第 4 句型變換為第 3 句型時，
主要會使用介系詞 for 的動詞
buy（購買）/ cook（料理）/ find（發現；找到）/ get（取得）/
make（製作）/ play（演奏）/ sing（歌唱）

My father bought me a nice jacket.（第 4 句型）
　　 S　　　 V　　 O₁　　 O₂

➡️ My father bought a nice jacket for me.（第 3 句型）
　　 S　　　 V　　　 O　　　　 M
我爸爸為我買了一件很棒的夾克。

從第 4 句型變換為第 3 句型時，
會使用介系詞 of 的動詞
ask（請求）

May I ask you a favor?（第 4 句型）
　　 S V　 O₁　 O₂

➡️ May I ask a favor of you?　（第 3 句型）
　　 S V　　 O　　 M
我可以請你幫個忙嗎？

One-Step Drill

請將聽到的第 4 句型的句子，運用介系詞 for 或 of 變換成第 3 句型的句子。

Track No.
Unit 4.5

1） I'll cook them dinner.（change）
我會為他們做晚餐。

➡ I'll cook dinner for them.
我會做晚餐給他們吃。

2） My father bought me a science book.（change）
我父親為我買了一本科普書。

➡ My father bought a science book for me.
我父親買了一本科普書給我。

3） I sang my baby a lullaby.（change）
我為我的寶寶唱了搖籃曲。

➡ I sang a lullaby for my baby.
我唱了搖籃曲給我的寶寶聽。

4） I'll get you some coffee.（change）
我幫你拿些咖啡來吧。

➡ I'll get some coffee for you.
我拿些咖啡來給你吧。

5） He always asks me unreasonable favors.（change）
他總是對我提不合理的要求。

➡ He always asks unreasonable favors of me.
他總是有不合理的要求要我幫忙。

Unit 5
第 5 句型（SVOC）

本章將會學到五大句型的最後一棒——「第 5 句型」。就某程度來說，「第 5 句型」可以說是最困難的句型，就讓我們繼續一邊複習在 Unit 1 到 Unit 3 中學到的、各種做為「橫軸」的英文文法要素，一邊透過縱橫交叉練習，把目標放在徹底融會貫通所有句型吧！在本章出現的所有英文句子皆為第 5 句型。

....

請看下面的句子。

<u>Special training</u> <u>makes</u> <u>a dog</u> <u>a guide dog</u>.
　　　 S 　　　　　　 V 　　 O 　　　　 ?

和我們一起學習到這裡的大家，在看到〈special training ≠ a dog〉後應該都能立刻看出並理解 special training（特殊訓練）是 S、makes 是 V，而 a dog（狗）是 O。那麼接續在後面的 a guide dog（盲導犬）扮演的是什麼角色呢？會是第 4 句型的 O_2（DO）嗎？

如果這個句子是第 4 句型的話，那麼應該會成立在 Unit 4 中學到的「O_1 擁有 O_2」關係才對。但如果將這個句子用「a dog（狗）擁有 a guide dog（導盲犬）」來理解的話，句意就會變得很奇怪。也就是說，這裡的 a guide dog 並不是 O。

一起來分析一下這個句子的結構吧：

<u>Special training</u> <u>makes</u> <u>a dog</u> <u>a guide dog</u>.
　　　 S 　　　　　　 V 　　 O 　　　　 C

上面看到的是曾在第 2 句型中出現的「補語 C」。只有第 2 句型跟第 5 句型的句子裡會有 C 出現，在這樣的句型中必定存在「對

等關係」。在第 2 句型中的是「S＝C」，在第 5 句型中對等的則是「O＝C」。

正是如此，在第 5 句型中所使用的動詞，即是「接續 OC 的及物動詞」，代表性的動詞例子是 make（S 使 O 成為 C）以及 think（S 認為 O 是 C）。Special training makes a dog a guide dog. 可以理解成「special training 使 a dog 成為 a guide dog」，也就是「特殊訓練使狗成為導盲犬（狗可以透過特殊訓練成為導盲犬）」的意思。

第 5 句型的 O 與 C，有下面五個型式。

5.1	名詞、形容詞	O＝C
5.2	to 不定詞（to do）	O 做 C 動作
5.3	原形不定詞（原形動詞）	O 做 C 動作
5.4	現在分詞（-ing）	O 正在做 C 動作
5.5	過去分詞（p.p.）	O 被做 C 動作

5.1　第 5 句型・肯定句①名詞、形容詞做為 C ⋯

當名詞、形容詞做為第 5 句型中的 C 時，會成立〈O＝C〉的關係。

名詞（O＝C）

His ceaseless efforts made him a professional soccer player.
　　　　S　　　　　V　　O　　　　C
他的不斷努力使他成為了職業足球選手。
（他不斷努力，成為了職業足球員）

形容詞（O＝C）

Your words always make her angry.
　　S　　　M　　　V　　O　C
你的話總是讓她很生氣。

後面會接名詞或形容詞做為 C 的第 5 句型代表性動詞

本身具有〈S 使 O 成為 C〉語意的動詞

choose O C（選擇 O 為 C）/ call O C（稱呼 O 為 C）/
elect O C（選擇 O 為 C）/ keep O C（使 O 保持 C）/
leave O C（使 O 保持 C）/ make O C（使 O 成為 C）/
name O C（將 O 取名為 C）/ paint O C（將 O 塗上 C）

Tommy painted the wall brown.
  S   V   O   C

Tommy 把牆壁漆成了棕色。

本身具有〈S 認為 O 是 C〉意味的動詞

believe O C（相信 O 是 C）/ consider O C（認為 O 是 C）/
find O C（認為 O 是 C）/ think O C（認為 O 是 C）

We consider you a true leader.
 S   V   O   C

我們認為你是真正的領導者。

072　　073
slow　　natural

One-Step Drill

請將聽到的句子變換為第 5 句型中的 OC，並將後續聽到的 SV
做為變換後的句子開頭，句中以名詞或形容詞做為 C。

Track No.
Unit 5.1

1） She's Alex. （We call）

她是 Alex。

➡ We call her Alex.

我們叫她 Alex。

2） He'll be happy. （The news will make）

他會很開心的。

➡ The news will make him happy.

這個消息會讓他很開心的。

3） The door is open. （He always leaves）

那扇門開著。

➡ He always leaves the door open.

他總是讓那扇門開著。

4） It was interesting. （I found）

那個很有趣。

➡ I found it interesting.

我覺得那個很有趣。

5） The food in the parcel is cool. （You should keep）

那個包裹裡的食物是冷的。

➡ You should keep the food in the parcel cool.

你應該讓那個包裹裡的食物保持冷度。

5.2 第 5 句型・肯定句 ② to 不定詞做為 C ········

　　當第 5 句型中的 C 是 to 不定詞時，會成立「O 做 C 動作」的關係。to 不定詞是指〈to ＋原形動詞〉。

I want you to read this book.
S　V　 O　　　 C

我希望你看這本書。

後面會接 to 不定詞做為 C 的第 5 句型代表性動詞

advise O C（建議 O 做 C 動作）/ allow O C（允許 O 做 C 動作）/ ask O C（要求 O 做 C 動作）/ encourage O C（鼓勵 O 做 C 動作）/ get O C（要求 O 做 C 動作、使 O 做 C 動作）/ tell O C（交待 O 做 C 動作）/ want O C（希望 O 做 C 動作）

<u>She</u> <u>asked</u> <u>me</u> <u>to bring some coffee.</u>
  S   V   O   C
她要我帶點咖啡過來。

074   075

One-Step Drill
slow natural

請將聽到的句子變換為第 5 句型中的 OC，並將後續聽到的 SV 做為變換後的句子開頭，句中以 to 不定詞做為 C。

Track No.
Unit 5.2

1）He repaired my computer.（I got）
他維修了我的電腦。

➡ I got him to repair my computer.
我要求他去維修我的電腦。

2）My father buys me the shoes.（I want）
我爸爸買給我那雙鞋。

➡ I want my father to buy me the shoes.
我想要我爸爸買給我那雙鞋。

3）We study English hard.（Our teacher advises）
我們很努力學習英文。

➡ Our teacher advises us to study English hard.
我們老師建議我們努力學習英文。

4） Students bring smartphones with them.

學生們帶著智慧型手機。　　　　　　（The school will allow）

➡ The school will allow students to bring smartphones with them.

那間學校將允許學生們帶著智慧型手機。

5） Citizens stayed home on the weekend.

市民們週末待在家裡。　　　　　　（The governor encouraged）

➡ The governor encouraged citizens to stay home on the weekend.

州長鼓勵市民們週末待在家裡。

5.3　第 5 句型・肯定句 ③ 原形不定詞做為 C

　　當第 5 句型中的 C 是原形不定詞時，會成立「O 做 C 動作」的關係。原形不定詞即是沒有 to 的不定詞，使用時以原形動詞的形態呈現。

She saw you cut into the line.
　S　　V　O　　C

她看到你插隊了。

⋯⋯⋯ **後面會接原形不定詞做為 C 的第 5 句型代表性動詞** ⋯⋯⋯

使役動詞

make O C（強制性地使 O 做 C 動作）/ let O C（允許 O 做 C 動作）/ have O C（要求 O 做 C 動作、使 O 做 C 動作）

Penny made her son study for ten hours every day.
　S　　V　　O　　　　C

Penny 要求她兒子每天念十個小時的書。

> 感官動詞
>
> feel O C（感到 O 在做 C 動作）/ hear O C（聽到 O 在做 C 動作）/ notice O C（注意到 O 在做 C 動作）/ see O C（看到 O 在做 C 動作）/ watch O C（觀看 O 在做 C 動作）

I felt my anger rise.
S　V　　O　　　C

我感到怒意湧現。

> 其他
>
> help O C（幫忙 O 做 C 動作）

Miku helped her son do his homework.
　S　　V　　　O　　　　　C

Miku 幫忙她的兒子做回家功課。

help 後面的 C 也有可能會是 to 不定詞。

Miku helped her son to do his homework.

One-Step Drill

請將聽到的句子變換為第 5 句型中的 OC，並將後續聽到的 SV 做為變換後的句子開頭，句中請以原形不定詞做為 C。

Track No.
Unit 5.3

1） He called your name. （I heard）

他叫了你的名字。

➡ I heard him call your name.

我聽到他叫了你的名字。

2） She walked past my house. （I saw）

她走路經過我家。

➡ I saw her walk past my house.

我看到她走路經過我家。

3） I work until late every day. （My boss makes）

我每天都工作到很晚。

➡ My boss makes me work until late every day.

我老闆要求我每天都工作到很晚。

4） She did her homework last night. （Ben helped）

她昨晚做了她的回家作業。

➡ Ben helped her do her homework last night.

Ben 昨晚幫忙她做了她的回家作業。

5） His daughter drives his car. （He'll let）

他的女兒會開他的車。

➡ He'll let his daughter drive his car.

他會讓他女兒開他的車。

5.4　第 5 句型・肯定句 ④ 現在分詞做為 C ⋯⋯⋯

當第 5 句型中的 C 是現在分詞時，會成立「O 正在做 C 動作」的關係。現在分詞是指〈-ing〉。

<u>She</u> <u>saw</u> <u>you</u> <u>cutting into the line</u>.
　S　　V　　O　　　　C

她看到你正在插隊。

相較於 to 不定詞或原形不定詞的 C，以現在分詞做為 C，語意上會表達出「正在做～」的「持續進行感」。

⋯⋯ 後面會接現在分詞做為 C 的第 5 句型代表性動詞 ⋯⋯

感官動詞

feel O C（感到 O 正在做 C 動作）/ hear O C（聽到 O 正在做 C 動作）/ notice O C（注意到 O 正在做 C 動作）/ see O C（看到 O 正在做 C 動作）/ smell O C（聞到 O 正在做 C 動作所散發的味道）/ watch O C（觀看 O 正在做 C 動作）

Meg watched her son playing rugby.
　S　　 V　　 　O　　 　　C
Meg 看到了她的兒子正在打橄欖球。

其他

find O C（發現 O 正在做 C 動作）/ get O C（使 O 去做 C 動作）/ have O C（使 O 去做 C 動作）/ keep O C（使 O 持續做 C 動作）/ leave O C（使 O 維持著 C 狀態）

You shouldn't leave the water running.
　S　　　　 V　　　 　O　　　 　C
你不應該讓水一直流。

94

One-Step Drill

078　079
slow　natural

請將聽到的句子變換為第 5 句型中的 OC，並將後續聽到的 SV
做為變換後的句子開頭，句中以現在分詞做為 C。

(((Track No.
Unit 5.4)))

1） He was calling my name.（I heard）
他當時在叫我的名字。

　➡ I heard him calling my name.
我聽到他當時在叫我的名字。

2） The car was following me.（I found）
那輛車當時在跟蹤我。

　➡ I found the car following me.
我發現那輛車當時在跟蹤我。

3） My heart was beating.（I felt）
我當時心跳加速。

　➡ I felt my heart beating.
我當時感到心跳加速。

4） I was waiting for an hour.（He kept）
我之前等了一個小時。

　➡ He kept me waiting for an hour.
他讓我等了一個小時。

5） Something was burning.（I smelled）
當時有什麼東西在燃燒。

　➡ I smelled something burning.
我當時聞到有什麼東西在燃燒。

5.5 第 5 句型・肯定句 ⑤ 過去分詞做為 C

當第 5 句型中的 C 是過去分詞時，會成立「O 被做 C 動作」的關係。過去分詞是指〈p.p.〉。

後面會接過去分詞做為 C 的第 5 句型代表性動詞

使役動詞

get O C（要求 O 做 C 動作、被做 C 動作）/ have O C（要求 O 做 C 動作、被做 C 動作）/ make O C（使 O 被做 C 動作）

I had my hair cut.
S   V   O   C
我去剪了頭髮。

感官動詞

feel O C（感到 O 被做 C 動作）/ hear O C（聽到 O 被做 C 動作）/ notice O C（注意到 O 被做 C 動作）/ see O C（看到 O 被做 C 動作）/ watch O C（觀看 O 被做 C 動作）

I heard the door shut.
S   V   O   C
我聽到門被關上了。

其他

find O C（發現 O 正在被做 C 動作）/ keep O C（讓 O 維持被做 C 動作的狀態）/ leave O C（讓 O 維持被做 C 動作的狀態）/ like O C（喜歡 O 被做 C 動作的狀態）/ want O C（想要 O 被做 C 動作）

I want my shirt ironed.
S   V   O   C
我想要我的襯衫被熨好。

One-Step Drill

slow　natural

請將聽到的句子變換為第 5 句型中的 OC，並將後續聽到的 SV 做為變換後的句子開頭，句中以過去分詞做為 C。

Track No.
Unit 5.5

1） The window was broken. （She found）
那扇窗戶破了。

➡ She found the window broken.
她發現那扇窗戶破了。

2） My cavities were treated. （I got）
我的蛀牙治療過了。

➡ I got my cavities treated.
我去治療了我的蛀牙。

3） My wallet was stolen on a crowded train. （I had）
我的皮夾在擁擠的火車上被偷了。

➡ I had my wallet stolen on a crowded train.
我在擁擠的火車上被偷了皮夾。

4） Mt. Fuji is covered with snow. （You'll see）
富士山被雪覆蓋了。

➡ You'll see Mt. Fuji covered with snow.
你會看到富士山被雪覆蓋。

5） The play was performed in French. （We watched）
這齣戲是以法語演出。

➡ We watched the play performed in French.
我們看的這齣戲是以法語演出的。

● 如果要表達的是進行中的情況（O 正在被做 C 動作的當下）時，C 會是〈being ＋過去分詞〉。

She saw a visually impaired man being led by a guide dog.

S   V   O   C

她看到了一名視障男子正被導盲犬引導著。

082   083

slow   natural

One-Step Drill

請利用將 C 變換成〈being ＋過去分詞〉的型式，來將聽到的第 5 句型句子換句話說。

Track No.
Unit 5.6

1） I heard my mother calling my name. （change）

我聽到我母親在叫我的名字。

➡ I heard my name being called by my mother.

我聽到我的名字正被我母親叫著。

2） Lee felt the wind blowing her hair. （change）

Lee 感受到風吹過她的頭髮。

➡ Lee felt her hair being blown by the wind.

Lee 感受到她的頭髮被風吹過。

3） We witnessed a truck tailgating a red car. （change）

我們目睹了一輛卡車在對一台紅色的車逼車。

➡ We witnessed a red car being tailgated by a truck.

我們目睹了一台紅色的車被一輛卡車逼車。

4） He saw a homeless man selling *The Big Issue*.

他看到了一個遊民男子正在賣《大誌雜誌》。   （change）

➡ He saw *The Big Issue* being sold by a homeless man.

他看到了《大誌雜誌》正由一個遊民男子在賣。

5） We watched a zookeeper feeding the panda.

我們看到了動物園飼育員正在餵食熊貓。   （change）

➡ We watched the panda being fed by a zookeeper.

我們看到了正在被動物園飼育員餵食的熊貓。

第 2 部

讓英文的
表達方式更加豐富

Unit 6
疑問詞 (1) 疑問代名詞

　　在 Unit 6 及 Unit 7 中將學習使用「疑問詞」來造出疑問句（wh- 疑問句）的方法。疑問詞本身也分詞性，且〈wh- 疑問句〉也有「五大句型」。Unit 6 將說明做為「名詞」的疑問詞用法。讓我們繼續一邊留意英文基本架構的「縱軸」＝「五大句型」，一邊熟練做為「橫軸」的文法要素的各種變化吧！

··

　　疑問句的類型，除了到目前為止學過的「用 Yes 或 No 回答的疑問句〈Yes / No 疑問句〉」以外，還有使用「疑問詞」的疑問句。英文裡的疑問詞有 who（誰）、whose（誰的）、what（什麼）、which（哪個）、when（何時）、where（哪裡）、why（為何）、how（如何）。在本書中，使用這些疑問詞構成的疑問句，統稱為〈wh- 疑問句〉（雖然 how 不是 wh- 開頭，但也被涵蓋在 wh- 疑問句中）。〈wh- 疑問句〉會將疑問詞放在句首，其後的語序與〈Yes / No 疑問句〉相同（疑問詞做為主詞時，語序同肯定句）。

　　事實上，疑問詞也是有「詞性」的，其中可以替代名詞的疑問詞，被稱為「疑問代名詞」。疑問代名詞其實就是「名詞」，所以在句中會擔任 S、O 或 C 的角色。

下列是會用在句中的疑問代名詞。
人 → who（主格或主格補語、受格）、whom（受格）、
　　　whose（所有格）
人以外 → what（主格或主格補語、受格）、
　　　　　which（主格或主格補語、受格）
※主格是指會放在主詞位置的形態、受格是指會放在受詞位置的形態、所有格是指具有「～的」語意、會放在名詞之前的形態。

		主格	主格補語	受格	所有格
人	who	○	○	○	
	whom			○	
	whose				○
人以外	what	○	○	○	
	which	○	○	○	

6.1　使用 who（主格）的疑問句 ······················

　　語序跟肯定句的時候相同，但〈wh- 疑問句〉的語調和〈Yes / No 疑問句〉不一樣，〈wh- 疑問句〉會使用向下的語調。

[Hiromi] won the tennis tournament.
　S　　　V　　　　　O
Hiromi 在這次網球巡迴賽裡拿到了冠軍。

[Who] won the tennis tournament?
　S　　V　　　　　O
誰在這次網球巡迴賽裡拿到了冠軍？

　　基本上主格的 who 表達的是第三人稱單數，但如果說話者心中所想的人選超過一位時，也可以用來表達複數的情況。

Who is in charge of your English class?
負責上你們英文課的是誰？

Who are in charge of your English class?
負責上你們英文課的是哪些人？
※ 所想的負責人選超過一位時（這裡是指負責的老師超過一位）的情況。

Who is 可以縮寫成 Who's、Who will 可以縮寫成 Who'll，但本書的練習中不會使用這些縮寫。

084　　085
slow　natural

One-Step Drill

請將聽到的句子主詞改成疑問詞 Who，構成〈wh- 疑問句〉，並將原句中的所有格代名詞 my / your 改成 your / my、受格代名詞 me / you 改成 you / me。

Track No.
Unit 6.1

1） Lisa ate your pudding in the fridge.（Who）
Lisa 吃掉了你冰箱裡的布丁。

　➡ Who ate my pudding in the fridge?
誰吃掉了我冰箱裡的布丁？

2） My teacher encouraged me to read English newspapers.
我的老師鼓勵我看英文報紙。　　　　　　　　　　　（Who）

　➡ Who encouraged you to read English newspapers?
誰鼓勵你看英文報紙？

3） My father bought me the computer.（Who）
我的父親買給我那台電腦。

　➡ Who bought you the computer?
誰買給你那台電腦的？

4） Ann is with me now.（Who）
Ann 現在跟我在一起。

　➡ Who is with you now?
誰現在跟你在一起？

5） Barry will take part in the upcoming conference.（Who）
Barry 會參加即將到來的會議。

　➡ Who will take part in the upcoming conference?
誰會參加即將到來的會議？

6.2 使用 who（主格補語）的疑問句 ·····················

　　主格補語是指「與主詞同格的補語（與 S 對等的 C）」，也就是第 2 句型的 C。第 2 句型中做為 C 的名詞會與 S 成立同格關係，也就是 C 和 S 之間會是同位語的關係，所以可以和主格一樣使用 who。疑問詞之後的語序與〈Yes / No 疑問句〉相同。

That's **my doctor**.
　S　V　　C
那是我的醫生。

Who is that?
　C　V　S
那是誰？

Two-Step Drill

086　　087
slow　natural

　　請將聽到的句子先改成〈Yes / No 疑問句〉，接著再將 C 改成疑問詞 who 以構成〈wh- 疑問句〉，並將原句中的所有格代名詞 my / your 改成 your / my、受格代名詞 me / you 改成 you / me。

Track No.
Unit 6.2

1）She's my teacher.（question）
　她是我的老師。
　➡ Is she your teacher?（Who）
　　她是你的老師嗎？
　➡ Who is she?
　　她是誰？

2）The man in the blue T-shirt is my father.（question）
　穿著藍色 T 恤的男人是我父親。

➡ Is the man in the blue T-shirt your father? （Who）
穿著藍色 T 恤的男人是你父親嗎？

➡ Who is the man in the blue T-shirt?
穿著藍色 T 恤的男人是誰？

3） The men over there are my colleagues. （question）
在那裡的那些男人是我的同事。

　➡ Are the men over there your colleagues? （Who）
　　在那裡的那些男人是你的同事嗎？

　➡ Who are the men over there?
　　在那裡的那些男人是誰？

4） The woman over there is today's keynote speaker.
在那裡的那個女人是今天專題演講的講者。　　　（question）

　➡ Is the woman over there today's keynote speaker?
　　在那裡的那個女人是今天專題演講的講者嗎？　（Who）

　➡ Who is the woman over there?
　　在那裡的那個女人是誰？

5） They're my neighbors. （question）
他們是我的鄰居。

　➡ Are they your neighbors? （Who）
　　他們是你的鄰居嗎？

　➡ Who are they?
　　他們是誰？

6.3　使用 whom（受格）的疑問句

　　表示「人」的受格疑問詞原本是 whom，但在現代英文中，whom 卻不太會出現在句首，一般都是使用 who。在本書中也是用 who 來進行練習。疑問詞之後的語序與〈Yes / No 疑問句〉相同。

I'll invite Ken to the company picnic.
　S　　 V 　 O　　　　　　　　M

我會邀請 Ken 參加公司野餐。

 Who will you invite to the company picnic?
　O　　　S　　V　　　　　　　M

你會邀請誰參加公司野餐？

088　　089
slow　natural

Two-Step Drill

請將聽到的句子先改成〈Yes / No 疑問句〉，接著再將 O 改成疑問詞 who 以構成〈wh- 疑問句〉，並將原句中的主格代名詞 I /
you 改成 you / I、所有格代名詞 my / your 改成 your / my、受格代名詞 me / you 改成 you / me。

Track No.
Unit 6.3

1） They want Olivia to be their team leader. （question）
他們想要 Olivia 來當他們的隊長。

　➡ Do they want Olivia to be their team leader?
　　他們想要 Olivia 來當他們的隊長嗎？　　　　　　　（Who）

　➡ Who do they want to be their team leader?
　　他們想要誰來當他們的隊長？

2） You should meet Ms. King. （question）
你應該和 King 小姐見面。

　➡ Should I meet Ms. King? （Who）
　　我應該和 King 小姐見面嗎？

　➡ Who should I meet?
　　我應該和誰見面？

3） I ask my family for help in times of trouble. （question）
我在遇到困難時會向我的家人求助。

➡ Do you ask your family for help in times of trouble?（Who）
你在遇到困難時會向你的家人求助嗎？

➡ Who do you ask for help in times of trouble?
你在遇到困難時會向誰求助？

4） The company appointed Mr. Doyle as sales manager.
那間公司任命 Doyle 先生擔任銷售經理。　　　　　　　（question）

➡ Did the company appoint Mr. Doyle as sales manager?（Who）
那間公司任命 Doyle 先生擔任銷售經理嗎？

➡ Who did the company appoint as sales manager?
那間公司任命誰擔任銷售經理？

5） The committee elected Andy as chairperson.（question）
委員會選出了 Andy 擔任主席。

➡ Did the committee elect Andy as chairperson?
委員會選出了 Andy 擔任主席嗎？　　　　　　　　　　（Who）

➡ Who did the committee elect as chairperson?
委員會選出了誰擔任主席？

6.4　使用〈介系詞＋whom〉的疑問句

當以「介系詞＋人」代替疑問詞時，有以下兩種表達型式。

① 將介系詞放在句尾
在這個情況下，現代英文會使用 who。

② 連同介系詞將 whom 放在句首
這是非常正式的表達型式，且在這個情況下只能用 whom，
〈介系詞＋who〉是錯誤的型式，請特別注意。

以上兩種表達型式，在疑問詞後方的語序皆與〈Yes / No 疑問句〉相同。

I'll visit the company **with my boss**.
S   V   O   M
我會和我老闆一起去拜訪那間公司。

〈第 ① 種〉

Who will you visit the company **with**?
        S   V   O
※M 是句首的 Who 與句尾的 with。

〈第 ② 種〉

With whom will you visit the company?
     M   S   V   O
你會和誰一起去拜訪那間公司？

Three-Step Drill

090   091
slow   natural

請將聽到的句子先改成〈Yes / No 疑問句〉，接著再依照指示造出〈wh- 疑問句〉。請將原句中的 I / you 改成 you / I、my / your 改成 your / my。

((• Track No.
Unit 6.4 •))

1） I visited Finland with my family. （question）
我跟家人一起去了芬蘭。

➡ Did you visit Finland with your family? （Who）
你跟家人一起去了芬蘭嗎？

➡ Who did you visit Finland with? （With whom）
你跟誰一起去了芬蘭？

➡ With whom did you visit Finland?

2） She's complaining about her brothers. （question）
她正在抱怨她的兄弟們。

➡ Is she complaining about her brothers? （Who）
她正在抱怨她的兄弟們嗎？

➡ Who is she complaining about? （About whom）
她正在抱怨誰？

➡ About whom is she complaining?

3） I paired up with Peter. （question）
我跟 Peter 搭檔。

➡ Did you pair up with Peter? （Who）
你跟 Peter 搭檔嗎？

➡ Who did you pair up with? （With whom）
你跟誰搭檔？

➡ With whom did you pair up?

4） I want to speak to John. （question）
我想跟 John 說話。

➡ Do you want to speak to John? （Who）
你想跟 John 說話嗎？

➡ Who do you want to speak to? （To whom）
你想跟誰說話？

➡ To whom do you want to speak?

5） I'll meet with my client this afternoon. （question）
我今天下午會和我的客戶見面。

➡ Will you meet with your client this afternoon?
你今天下午會和你的客戶見面嗎？ （Who）

➡ Who will you meet with this afternoon?
你今天下午會和誰見面？ （With whom）

➡ With whom will you meet this afternoon?

6.5　使用〈whose＋名詞〉的疑問句 ①

疑問詞 whose 代替的是代表「人」的「所有格人稱代名詞」。

代表「人」的所有格人稱代名詞

第一人稱單數　my　我的
第一人稱複數　our　我們的
第二人稱單數／第二人稱複數　your　你的／你們的
第三人稱單數　his　他的／her　她的
第三人稱複數　their　他們的

在各式各樣的名詞（一般名詞或專有名詞等）之後加上 's 就會變成所有格形態，也能用 whose 替代。

（下列底線的部分可替換成 whose）

my mother's love　我母親的愛
the lawyer's badge　那位律師的徽章
Mary's hobby　Mary 的嗜好
his students' passion　他的學生們的熱情

用 whose 代替所有格的人稱代名詞時，型式一定是〈whose ＋名詞〉。

當以〈whose ＋名詞〉代替主詞時，不會使用〈Yes / No 疑問句〉的語序。

Ken's bag is missing.
  S   V
Ken 的包包不見了。

Whose bag is missing?
  S   V
誰的包包不見了？

One-Step Drill

092 093
slow natural

請將聽到的句子依指示改成使用〈whose ＋名詞〉的疑問句。
請將原句中的 I / you 改成 you / I、my / your 改成 your / my。

Track No.
Unit 6.5

1） Her presentation drew attention in the conference.
她的簡報在會議上引起了關注。 （Whose）

➡ Whose presentation drew attention in the conference?
誰的簡報在會議上引起了關注？

2） Rob's statement caused a problem. （Whose）
Rob 的聲明造成了麻煩。

➡ Whose statement caused a problem?
誰的聲明造成了麻煩？

3） Stephen King's novels sell well in this bookstore.
Stephen King 的小說在這家書店裡賣得很好。 （Whose）

➡ Whose novels sell well in this bookstore?
誰的小說在這家書店裡賣得很好？

4） The manager's signature is necessary on the document. （Whose）
那份文件必須要有經理的簽名。

➡ Whose signature is necessary on the document?
那份文件必須要有誰的簽名？

5） His work of art is the main feature of the exhibition.
他的藝術作品是那場展覽的主打。 （Whose）

➡ Whose work of art is the main feature of the exhibition?
誰的藝術作品是那場展覽的主打？

6.6　使用〈whose＋名詞〉的疑問句 ②

當以〈whose＋名詞〉代替補語或受詞時，後方接續的語序與〈Yes / No 疑問句〉相同。

That's [my car].
S　V　　C
那是我的車。

[Whose car] is that?
　　C　　　V　S
那是誰的車？

I'm wearing [Laura's jacket].
S　　V　　　　　O
我穿著 Laura 的夾克。

[Whose jacket] are you wearing?
　　O　　　　V　S
你穿著誰的夾克？

094　　095
slow　natural

Two-Step Drill

　　請將聽到的句子先改成〈Yes / No 疑問句〉，接著再按照指示使用〈whose＋名詞〉構成疑問句。請將原句中的 I / you 改成 you / I。

Track No.
Unit 6.6

1） That's her umbrella.（question）
　　那是她的傘。
　　➡ Is that her umbrella?（Whose）
　　　那是她的傘嗎？

➡ Whose umbrella is that?
那是誰的傘？

2） I like his idea best. （question）
我最喜歡他的點子。

➡ Do you like his idea best? （Whose）
你最喜歡他的點子嗎？

➡ Whose idea do you like best?
你最喜歡誰的點子？

3） We should get the mayor's permission. （question）
我們應該要獲得市長的許可。

➡ Should we get the mayor's permission? （Whose）
我們應該要獲得市長的許可嗎？

➡ Whose permission should we get?
我們應該要獲得誰的許可？

4） This is the company president's policy. （question）
這是公司總裁的政策。

➡ Is this the company president's policy? （Whose）
這是公司總裁的政策嗎？

➡ Whose policy is this?
這是誰的政策？

5） I chose his design for the company logo. （question）
我選擇了他的設計當作公司的標誌。

➡ Did you choose his design for the company logo?
你選擇了他的設計當作公司的標誌嗎？　　　　　（Whose）

➡ Whose design did you choose for the company logo?
你選擇了誰的設計當作公司的標誌？

6.7　使用 what / which（主格）的疑問句 ··············

在選項為不特定多數時會使用 what，而 which 則會在有特定選項的情況下使用。但即使有特定選項，若選項在三個以上，那麼一般來說還是會使用 what。舉例來說，季節只有四季（有特定選項），嚴格來說應該要用 which，但因為選項超過三項，所以使用 what 也無妨。此外，以 what / which 做為主詞時，語序跟肯定句相同。

<u>What</u> <u>is</u> your favorite season?
　S　　V　　　　　C
你最喜歡哪個季節？

What is 雖然可以縮寫為 What's，但在本書的練習中不會使用這個縮寫方式。

當詢問的是「在可見事物中的某一個」時，即使選項是三項以上，也會使用 which。

<u>Which</u> <u>is</u> your house?
　S　　V　　　C
哪一間是你的房子？

在二擇一的情況下，只能使用 which，並以 or 連接選項。

<u>Which</u> <u>is</u> <u>better</u> <u>for you</u>, Saturday or Sunday?
　S　　V　　C　　M
哪一天你比較方便？星期六還是星期天？

(The news) made him sad.
　S　　　 V　 O 　C
這個消息讓他覺得難過。

[**What**] made him sad?
S　　V　　O　　C

什麼使他沮喪？

[**The beige one**] looks better on you.
　　　　S　　　　V　　　C　　　M

那個米色的看起來比較適合你。

[**Which**] looks better on me?
　　S　　　V　　　C　　　M

哪一個看起來比較適合我？

096　　097

slow　　natural

One-Step Drill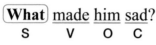

將聽到的句子依指示改成使用〈what / which〉的疑問句，並將原句中的 my / your 改成 your / my、me / you 改成 you / me。

Track No.
Unit 6.7

1） Your smile makes me happy. （What）

你的笑容讓我覺得開心。

⇒ What makes you happy?

什麼讓你覺得開心？

2） The one with the long hair is my dog. （Which）

那隻長毛的是我的狗。

⇒ Which is your dog?

哪隻是你的狗？

3） The latest Nintendo game is in the box. （What）

最新的任天堂遊戲在那個盒子裡。

⇒ What is in the box?

盒子裡是什麼？

4） The five-story building is my apartment. （Which）
那棟五層樓的建築物是我的公寓。

➡ Which is your apartment?
哪棟是你的公寓？

5） Green is my favorite color. （What）
綠色是我最喜歡的顏色。

➡ What is your favorite color?
你最喜歡的顏色是什麼？

6.8 使用 what / which（主格補語‧受格）的 疑問句

當以 what / which 代替補語或受詞時，疑問詞後方的語序與〈Yes / No 疑問句〉相同。

···················· **以 what 代替補語的情況** ····················

My favorite color is [purple].
　　S　　　　　　V　　C
我最喜歡的顏色是紫色。

[What] is your favorite color?
　C　　V　　　S
你最喜歡的顏色是什麼？

來和「以 what 代替主詞」的情況比較一下：

[Purple] is my favorite color.
　S　　V　　　C
紫色是我最喜歡的顏色。

What is your favorite color?
S   V   C

什麼是你最喜歡的顏色？

因為第 2 句型裡的 S＝C，所以就結果而言會構成相同的句子。

·········· 以 what 代替受詞的情況 ··········

I bought **a T-shirt**.
S V   O

我買了一件 T 恤。

What did you buy?
O   S   V

你買了什麼？

·········· 以 which 代替補語的情況 ··········

My bicycle is **the black one over there**.
S   V   C

我的腳踏車是那邊那台黑色的。

Which is your bicycle?
C   V   S

你的腳踏車是哪一台？

·········· 以 which 代替受詞的情況 ··········

I prefer **the beige one**.
S V   O

我比較喜歡米色的那個。

Which do you prefer?
O   S   V

你比較喜歡哪一個？

Two-Step Drill

請將聽到的句子先改成〈Yes / No 疑問句〉，接著依照指示使用〈what / which〉來構成疑問句。請將原句中的 I / you 改成 you / I、my / your 改成 your / my。

(((Track No.
Unit 6.8)))

1）I bought the earrings yesterday. （question）
我昨天買了那副耳環。

➡ **Did you buy the earrings yesterday?** （What）
你昨天買了那副耳環嗎？

➡ **What did you buy yesterday?**
你昨天買了什麼？

2）You should choose the bigger one. （question）
你應該選那個比較大的。

➡ **Should I choose the bigger one?** （Which）
我應該選那個比較大的嗎？

➡ **Which should I choose?**
我應該選哪一個？

3）It's a souvenir from Russia. （question）
這是來自俄羅斯的紀念品。

➡ **Is it a souvenir from Russia?** （What）
這是來自俄羅斯的紀念品嗎？

➡ **What is it?**
這是什麼？

4）My son's cap is the red one. （question）
我兒子的鴨舌帽是紅色的那頂。

➡ **Is your son's cap the red one?** （Which）
你兒子的鴨舌帽是紅色的那頂嗎？

➡ **Which is your son's cap?**
你兒子的鴨舌帽是哪一頂？

5）The shop sells electric appliances. （question）
那家店販售電器用品。

➡ Does the shop sell electric appliances? （What）
那家店有販售電器用品嗎？

➡ What does the shop sell?
那家店販售的是什麼？

6.9　使用〈介系詞＋what〉的疑問句 ⋯⋯⋯⋯

當以「介系詞＋名詞（人以外）」代替疑問詞 what 時，會出現
兩種表達型式。

① 將介系詞放在句尾
② 連同介系詞，將 what 放在句首

這兩種表達型式，在疑問詞之後的語序皆與〈Yes / No 疑問
句〉相同。

I'll ask him about tips for successful business.
S　　V　　O　　　　　　　　　　　　M
我會去問他與事業成功有關的訣竅。

〈第 ① 種〉

What will you ask him about?
　　　　　S　　V　　O
※M 由句首的 what 與句尾的 about 組成。

〈第 ② 種〉

About what will you ask him?
　　M　　　　　S　　V　　O
你會去問他與什麼有關的事？

Three-Step Drill

請將聽到的句子先改成〈Yes / No 疑問句〉，接著依照指示將介系詞後面的字詞改成 what 來構成疑問句。請將原句中的 I / you 改成 you / I、my / your 改成 your / my。

Track No.
Unit 6.9

1） I drink tea with lemon.（question）
我喝茶會加檸檬。

➡ Do you drink tea with lemon?（What）
你喝茶會加檸檬嗎？

➡ What do you drink tea with?（With what）
你喝茶會加什麼？

➡ With what do you drink tea?

2） She's practicing the piano for her friend's wedding party.（question）
她正在為了朋友的婚禮派對練習鋼琴。

➡ Is she practicing the piano for her friend's wedding party?（What）
她正在為了朋友的婚禮派對練習鋼琴嗎？

➡ What is she practicing the piano for?（For what）
她正在為了什麼練習鋼琴？

➡ For what is she practicing the piano?

3） I owe my success to my parents' support.（question）
我的成功歸功於我爸媽的支持。

➡ Do you owe your success to your parents' support?
你把你的成功歸功於你爸媽的支持嗎？（What）

➡ What do you owe your success to?（To what）
你把你的成功歸功於什麼？

➡ To what do you owe your success?

4）I want to know about the side effects of this medicine.
我想知道與這款藥的副作用有關的事。 （question）

➡ Do you want to know about the side effects of this medicine? （What）
你想知道與這款藥的副作用有關的事嗎？

➡ What do you want to know about? （About what）
你想知道關於什麼的事？

➡ About what do you want to know?

5）They're complaining about their working conditions.
他們正在抱怨與他們的工作環境有關的事。 （question）

➡ Are they complaining about their working conditions? （What）
他們正在抱怨與他們的工作環境有關的事嗎？

➡ What are they complaining about? （About what）
他們正在抱怨與什麼有關的事？

➡ About what are they complaining?

Unit 7
疑問詞 (2) 疑問形容詞・疑問副詞

在 Unit 7 中將會說明做為「形容詞」及「副詞」的疑問詞用法。讓我們一邊徹底練習在 Unit 1 到 Unit 3 中所學的「橫軸（文法要素）」、一邊將〈wh- 疑問句〉融會貫通吧！

除了 Unit 6 所學到的「疑問代名詞」之外，疑問詞中還有「疑問形容詞」及「疑問副詞」。疑問形容詞會取代句中的形容詞、疑問副詞則會代替句中具有副詞功能的詞語。

7.1　疑問形容詞 what / which / how

what / which 做為疑問形容詞時，一定要用〈what / which ＋名詞〉的型式來表達。

〈what ＋名詞〉　什麼的～
〈which ＋名詞〉　哪一個的～
〈how〉　如何／怎麼樣的～

7.1.1　使用〈what / which ＋名詞〉的疑問句 ①

將主詞替換成〈what / which ＋名詞〉時，不使用〈Yes / No 疑問句〉的語序。

The beige one looks better on you.
　　 S　　　 V　　 C　　 M
那個米色的看起來比較適合你。

Which one looks better on me?
S   V   C   M

哪一個看起來比較適合我？

以 which 代替 the beige one 整個詞組，which 便成為疑問代名詞。

Which looks better on me?
S   V   C   M

哪一個看起來比較適合我？

102　　103
slow　natural

One-Step Drill

請將聽到的句子依指示改成使用〈what / which ＋ 名詞〉的疑問句。原句中的 me / you 改成 you / me。

Track No.
Unit 7.1

1） Peaches and grapes are in season now. （What fruits）
桃子與葡萄現在是產季。
➡ What fruits are in season now?
什麼水果現在是產季？

2） My left eye hurts. （Which eye）
我的左眼很痛。
➡ Which eye hurts?
哪一隻眼睛痛？

3） Brown is in fashion this year. （What color）
棕色今年很流行。
➡ What color is in fashion this year?
什麼顏色今年很流行？

4） This light yellow dress suits you best.（Which dress）

這件淺黃色的洋裝最適合你。

➡ Which dress suits me best?

哪一件洋裝最適合我？

5） Soccer is popular in this country.（What sport）

足球在這個國家中很受歡迎。

➡ What sport is popular in this country?

什麼運動在這個國家中很受歡迎？

7.1.2 使用〈what / which ＋名詞〉的疑問句 ②

當以〈what / which ＋名詞〉代替補語或受詞時，疑問詞後方的語序與〈Yes / No 疑問句〉相同。

<u>My car</u> <u>is</u> the red one.
　S　　 V 　　 C

我的車是那台紅色的。

Which one <u>is</u> <u>your car</u>?
　　C　　 V　　 S

你的車是哪一台？

<u>I</u> <u>like</u> French cuisine.
 S　V 　　　O

我喜歡法國料理。

What cuisine <u>do</u> <u>you</u> <u>like</u>?
　　O　　　 　　 S 　V

你喜歡什麼料理？

Two-Step Drill ⟳ ⟳

請將聽到的句子先改成〈Yes / No 疑問句〉，接下來請按照指示使用〈what / which ＋名詞〉來構成疑問句。原句中的 I / you 請改成 you / I。

Track No.
Unit 7.2

1） People in this region speak French.（question）
這個地區的人們講法語。

　➡ Do people in this region speak French?
　　這個地區的人們講法語嗎？　　　　　（What language）

　➡ What language do people in this region speak?
　　這個地區的人們講什麼語言？

2） Venus is that bright star.（question）
金星是那顆明亮的星星。

　➡ Is Venus that bright star?（Which star）
　　金星是那顆明亮的星星嗎？

　➡ Which star is Venus?
　　金星是哪一顆星星？

3） Sofia is visiting the U.K.（question）
Sofia 會去英國。

　➡ Is Sofia visiting the U.K.?（What country）
　　Sofia 會去英國嗎？

　➡ What country is Sofia visiting?
　　Sofia 會去什麼國家？

4） I recommend the black jacket. （question）
我推薦那件黑色的夾克。

➡ Do you recommend the black jacket? （Which jacket）
你推薦那件黑色的夾克嗎？

➡ Which jacket do you recommend?
你推薦哪一件夾克？

5） She painted the wall green. （question）
她把牆壁漆成了綠色。

➡ Did she paint the wall green? （What color）
她把牆壁漆成了綠色嗎？

➡ What color did she paint the wall?
她把牆壁漆成了什麼顏色？

7.1.3 使用〈介系詞＋what / which ＋名詞〉的疑問句

「介系詞＋ what / which ＋名詞」有下面兩種表達型式。

① 將介系詞放在句尾
② 連同介系詞一起放在句首

　無論哪一種，在〈what / which ＋名詞〉之後的語序皆與〈Yes / No 疑問句〉相同。

He works for an automobile company.
S　 V　　　　　　　　　M
他在汽車公司上班。

〈第 ① 種〉

What kind of company does he work for?
　　　　　　　　　　　　S　 V

※M 由句首的 What kind of company 與句尾的 for 所構成。

〈第 ② 種〉

For what kind of company does he work?
　　　　　　　　　M　　　　　　　　　　S　　V

他在什麼類型的公司上班？

I put your T-shirt **in the middle drawer**.
S　V　　O　　　　　　　　M

我把你的 T 恤放進了中間的抽屜裡。

〈第 ① 種〉

Which drawer did you put my T-shirt **in**?
　　　　　　　　S　　V　　O

※M 由句首的 Which drawer 與句尾的 in 所構成。

〈第 ② 種〉

In which drawer did you put my T-shirt?
　　　M　　　　　S　　V　　O

你把我的 T 恤放進了哪個抽屜裡？

106　　107

slow　natural

Three-Step Drill

　　請將聽到的句子先改成〈Yes / No 疑問句〉，接下來請按照指示使用〈介系詞＋ what / which ＋名詞〉來構成疑問句。

Track No.
Unit 7.3

1） Boston is on the east coast. （question）
　　波士頓在東岸。

　　➡ Is Boston on the east coast? （Which coast）
　　　波士頓在東岸嗎？

　　➡ Which coast is Boston on? （On which coast）
　　　波士頓在哪一岸？

➡ On which coast is Boston?

2） He went to Vietnam for sightseeing. （question）
他去越南觀光。

➡ Did he go to Vietnam for sightseeing?
他去越南觀光嗎？　　　　　　　　　　（What purpose）

➡ What purpose did he go to Vietnam for?
他去越南的目的是什麼？　　　　（For what purpose）

➡ For what purpose did he go to Vietnam?

3） The bride will come into the banquet room through that door. （question）
新娘將會從那道門進入宴會廳。

➡ Will the bride come into the banquet room through that door? （Which door）
新娘將會從那道門進入宴會廳嗎？

➡ Which door will the bride come into the banquet room through? （Through which door）
新娘將會從哪道門進入宴會廳？

➡ Through which door will the bride come into the banquet room?

4） The country is in the southern hemisphere. （question）
那個國家位於南半球。

➡ Is the country in the southern hemisphere?
那個國家位於南半球嗎？　　　　　（Which hemisphere）

➡ Which hemisphere is the country in?
那個國家位於南北哪個半球？　　（In which hemisphere）

➡ In which hemisphere is the country?

5） Cars in Japan drive on the left side. （question）
車子在日本是左駕。

➡ Do cars in Japan drive on the left side?（Which side）
車子在日本是左駕嗎？

➡ Which side do cars in Japan drive on?
車子在日本是左駕還是右駕？　　　　　（On which side）

➡ On which side do cars in Japan drive?

（7.1.4） 使用 how（疑問形容詞）的疑問句

疑問詞後方的語序與〈Yes / No 疑問句〉相同。

The steak is (delicious).
　S　　V　　　C
這牛排很好吃。

(How) is the steak?
　C　V　　S
這牛排如何？

雖然 How is 可縮寫為 How's，但在本書的練習中不會使用這個縮寫方式。

She looked (tired) last night.
　S　　V　　C　　　M
她昨晚看起來很疲倦。

(How) did she look last night?
　C　　　S　V　　　M
她昨晚看起來如何？

Two-Step Drill

請將聽到的句子先改成〈Yes / No 疑問句〉，接著依照指示使用 how（疑問形容詞）來構成疑問句。請將原句中的 I / you 改成 you / I、my / your 改成 your / my。

Track No.
Unit 7.4

1） I feel excited. （question）
我覺得很興奮。

➡ Do you feel excited? （How）
你覺得興奮嗎？

➡ How do you feel?
你感覺如何？

2） The patient looks fine today. （question）
那位病患今天看起來狀態不錯。

➡ Does the patient look fine today? （How）
那位病患今天看起來狀態好嗎？

➡ How does the patient look today?
那位病患今天看起來如何？

3） His idea sounds good. （question）
他的點子聽起來不錯。

➡ Does his idea sound good? （How）
他的點子聽起來好嗎？

➡ How does his idea sound?
他的點子聽起來如何？

4） My father is fine. （question）
我父親的狀態不錯。

➡ Is your father fine? （How）
你父親的狀態好嗎？

➡ How is your father?
你父親過得如何？

5） I feel nervous before a presentation.（question）
我在簡報前覺得緊張。

➡ Do you feel nervous before a presentation?（How）
你在簡報前覺得緊張嗎？

➡ How do you feel before a presentation?
你在簡報前感覺如何？

7.2　疑問副詞 when / where / why / how

〈**when**〉　詢問時間
〈**where**〉　詢問地點
〈**why**〉　詢問理由
〈**how**〉　詢問方法或程度

詢問程度時使用「how ＋形容詞」或「how ＋副詞」。

how old 詢問年齡／how many 詢問數量／how much 詢問數量或金額／how long 詢問時間長短／how often 詢問頻率／how far 詢問距離

7.2.1　使用 when（疑問副詞）的疑問句

疑問詞之後的語序與〈Yes / No 疑問句〉相同。

The author will release a new novel next week.
　S　　　　V　　　　O　　　　M
那位作家下週將會發表新的小説。

When will the author release a new novel?
　M　　S　　　V　　　O
那位作家何時會發表新的小説？

Two-Step Drill

slow　natural

請將聽到的句子先改成〈Yes / No 疑問句〉，接著依照指示使用 when（疑問副詞）來構成疑問句。請將原句中的 I / you 改成 you / I、my / your 改成 your / my。

Track No.
Unit 7.5

1） She became a doctor over a decade ago. （question）
她在十多年前成為了醫師。

➡ Did she become a doctor over a decade ago?
她是在十多年前成為醫師的嗎？　　　　　　　　　（When）

➡ When did she become a doctor?
她何時成為醫師的？

2） Brian will attend the conference in London next month. （question）
Brian 下個月會出席在倫敦的會議。

➡ Will Brian attend the conference in London next month? （When）
Brian 下個月會出席在倫敦的會議嗎？

➡ When will Brian attend the conference in London?
Brian 何時會出席在倫敦的會議？

3） I'll visit her this Friday. （question）
我這週五會去拜訪她。

➡ Will you visit her this Friday? （When）
你這週五會去拜訪她嗎？

➡ When will you visit her?
你何時會去拜訪她？

4） This bus departs at 9 a.m. （question）
這輛巴士會在上午 9 點發車。

　➡ Does this bus depart at 9 a.m.? （When）
　　這輛巴士是在上午 9 點發車嗎？

　➡ When does this bus depart?
　　這輛巴士何時發車？

5） I had my computer repaired last week. （question）
我上週請人修了我的電腦。

　➡ Did you have your computer repaired last week?
　　你上週有請人修你的電腦嗎？　　　　　　（When）

　➡ When did you have your computer repaired?
　　你何時請人修了你的電腦？

7.2.2 使用 where（疑問副詞）的疑問句

疑問詞之後的語序與〈Yes / No 疑問句〉相同。

I found my key **under the sofa**.
S　V　　O　　　　M
我在沙發下面找到了我的鑰匙。

Where did you find your key?
　M　　S　V　　O
你在哪裡找到了你的鑰匙？

112　113
slow　natural

Two-Step Drill

　　請將聽到的句子先改成〈Yes / No 疑問句〉，接著依照指示使用 where（疑問副詞）來構成疑問句。請將原句中的 I / you 改成 you / I、my / your 改成 your / my、me / you 改成 you / me。

1） I'll go to Hawaii this summer. （question）
我今年夏天會去夏威夷。

➡ Will you go to Hawaii this summer? （Where）
你今年夏天會去夏威夷嗎？

➡ Where will you go this summer?
你今年夏天會去哪裡？

2） She was in the library after school yesterday.
她昨天放學後待在圖書館裡。　　　　　（question）

➡ Was she in the library after school yesterday?
她昨天放學後待在圖書館裡嗎？　　　　（Where）

➡ Where was she after school yesterday?
她昨天放學後待在哪裡？

3） I saw him near my house this morning. （question）
我今天早上在我家附近看到他了。

➡ Did you see him near your house this morning?
你今天早上有在你家附近看到他嗎？　　（Where）

➡ Where did you see him this morning?
你今天早上在哪裡看到他？

4） Eva left her umbrella on the train. （question）
Eva 把她的傘忘在了火車上。

➡ Did Eva leave her umbrella on the train? （Where）
Eva 把她的傘忘在了火車上嗎？

➡ Where did Eva leave her umbrella?
Eva 把她的傘忘在了哪裡？

5） He kept me waiting in front of the station. （question）

他讓我在車站前面等。

➡ Did he keep you waiting in front of the station?

他讓你在車站前面等嗎？ （Where）

➡ Where did he keep you waiting?

他讓你在哪裡等？

7.2.3 使用 why（疑問副詞）的疑問句

疑問詞之後的語序與〈Yes / No 疑問句〉相同。

The fire started due to natural causes.
 S   V   M

這場火的起因是自然因素。

Why did the fire start?
 M   S   V

這場火為何會發生？

※ 在回答 why 疑問句時，常常都只以 M 來回答，例如「Because + SV」（因為～）或「To do ~」（為了做～）。

114　　115
slow　natural

Two-Step Drill 🔄🔄

請將聽到的句子先改成〈Yes / No 疑問句〉，接著依照指示使用 why（疑問副詞）來構成疑問句。原句中的 I / you 請改成 you / I。

((Track No.
   Unit 7.7))

1） The company went bankrupt due to the recession.

那間公司因為不景氣而破產了。 （question）

⇒ Did the company go bankrupt due to the recession?（Why）

那間公司是因為不景氣而破產的嗎？

⇒ Why did the company go bankrupt?

那間公司為何破產了？

2） She's crying for joy.（question）

她喜極而泣。

⇒ Is she crying for joy?（Why）

她是喜極而泣嗎？

⇒ Why is she crying?

她為何在哭？

3） They canceled the picnic due to heavy rain.（question）

他們因為大雨而取消了這次野餐。

⇒ Did they cancel the picnic due to heavy rain?（Why）

他們是因為大雨而取消了這次野餐的嗎？

⇒ Why did they cancel the picnic?

他們為何取消了野餐？

4） I was late because of a train accident.（question）

我因為火車事故而遲到了。

⇒ Were you late because of a train accident?（Why）

你是因為火車事故而遲到的嗎？

⇒ Why were you late?

你為何遲到了？

5） Saki was absent from school due to illness.（question）

Saki 因為生病而沒來上學。

⇒ Was Saki absent from school due to illness?（Why）

Saki 是因為生病而沒來上學嗎？

⇒ Why was Saki absent from school?

Saki 為何沒來上學？

7.2.4 使用 how（疑問副詞）的疑問句 ①

使用 how（疑問副詞）詢問「手段或方法」時，會單獨使用 how 這個單字。疑問詞之後的語序會與〈Yes / No 疑問句〉相同。

<u>I</u> <u>usually</u> <u>go</u> <u>to the dental clinic</u> **by taxi**.
S   M   V   M   M

我通常搭計程車去牙醫診所。

How <u>do</u> <u>you</u> <u>usually</u> <u>go</u> <u>to the dental clinic</u>?
M   S   M   V   M

你通常怎麼去牙醫診所？

Two-Step Drill

116　117
slow　natural

請將聽到的句子先改成〈Yes / No 疑問句〉，接著依照指示使用 how（疑問副詞）來構成疑問句。原句中的 I / you 請改成 you / I。

Track No.
Unit 7.8

1） You can reach Mr. Swift by email.（question）
你可以用電子郵件與 Swift 先生聯絡。

➡ Can I reach Mr. Swift by email?（How）
我可以用電子郵件與 Swift 先生聯絡嗎？

➡ How can I reach Mr. Swift?
我要怎麼與 Swift 先生聯絡？

2） You should clean this machine with a brush.（question）
你應該用刷子來清理這台機器。

➡ Should I clean this machine with a brush?（How）
我應該用刷子來清理這台機器嗎？

➡ How should I clean this machine?
我應該怎麼清理這台機器？

3） She got to the station by bus.（question）

她搭巴士到車站了。

➡ Did she get to the station by bus?（How）

她是搭巴士去車站的嗎？

➡ How did she get to the station?

她是怎麼到車站的？

4） He caught the fish with a net.（question）

他用網子抓到了那條魚。

➡ Did he catch the fish with a net?（How）

他用網子抓到了那條魚嗎？

➡ How did he catch the fish?

他是怎麼抓到那條魚的？

5） Most people go up the mountain on foot.（question）

大部分的人都用走的上山。

➡ Do most people go up the mountain on foot?（How）

大部分的人都是用走的上山嗎？

➡ How do most people go up the mountain?

大部分的人都是怎麼上山的？

7.2.5 使用 how（疑問副詞）的疑問句 ② how ＋形容詞／副詞

　　使用 how（疑問副詞）詢問「程度」時，會以〈how ＋形容詞〉或〈how ＋副詞〉的型式表達。〈how ＋形容詞〉扮演的是 C、〈how ＋副詞〉則是 M，後方的語序會與〈Yes / No 疑問句〉相同。

She'll stay in Canada **for three weeks**.
　S　　V　　　M　　　　　　M

她會在加拿大待三個禮拜。

(How long) will she stay in Canada?
    M   S   V   M

她會在加拿大待多久？

That rare comic book is (20,000 yen)
         S   V   C

at the secondhand bookstore.
          M

那本稀有的漫畫在那間二手書店裡賣兩萬日幣。

(How much) is that rare comic book
    C   V   S

at the secondhand bookstore?
         M

那本稀有的漫畫在那間二手書店裡賣多少錢？

118　　119

slow　　natural

Two-Step Drill

請將聽到的句子先改成〈Yes / No 疑問句〉，接著依照指示使用〈how＋形容詞〉或〈how＋副詞〉來構成疑問句。請將原句中的 I / you 改成 you / I、my / your 改成 your / my。

Track No.
Unit 7.9

1）My younger brother is 17 years old.（question）
　　我的弟弟是 17 歲。

➡ Is your younger brother 17 years old?（How old）
　　你的弟弟是 17 歲嗎？

➡ How old is your younger brother?
　　你的弟弟幾歲？

2） The library is open until 8 p.m. （question）
那間圖書館開到晚上 8 點。

⟹ Is the library open until 8 p.m.? （How late）
那間圖書館開到晚上 8 點嗎？

⟹ How late is the library open?
那間圖書館開到多晚？

3） The exam was quite difficult. （question）
那個考試滿難的。

⟹ Was the exam quite difficult? （How difficult）
那個考試很難嗎？

⟹ How difficult was the exam?
那個考試有多難？

4） I can take care of the problem right now. （question）
我可以立刻處理這個問題。

⟹ Can you take care of the problem right now?
你可以立刻處理這個問題嗎？   （How soon）

⟹ How soon can you take care of the problem?
你多快可以處理這個問題？

5） I do yoga every day. （question）
我每天都做瑜珈。

⟹ Do you do yoga every day? （How often）
你每天都做瑜珈嗎？

⟹ How often do you do yoga?
你多久做一次瑜珈？

※do yoga 的 do 是一般動詞。不要跟用來構成疑問句或否定句的助
動詞 do 搞混了。

　　疑問副詞 how 跟 much 放在一起的時候，有一些地方必須注意。much 除了可以做為副詞外，也可以做為形容詞使用。當 much 做為形容詞、且又和 how 搭配成一組來問問題時，就會以〈how much ＋名詞〉的型式出現，這個詞組是名詞片語，可做為主詞或受詞。〈how many ＋名詞〉亦同。〈how much〉疑問句是詢問不可數名詞（無法計算的名詞）的「數量」，〈how many〉疑問句則是詢問可數名詞（可以計算的名詞）的「數量」。

　　不過，how many times 則是做為詢問「次數」的副詞片語來用。

How many times have you been to the States?
　　　　M　　　　　S　V　　　M
你曾去過美國幾次？

How many times a week do you go to the gym?
　　　　M　　　　　　S　V　　M
你一週去健身房幾次？

How many times a year do you get a bonus?
　　　　M　　　　　S　V　　O
你一年拿幾次獎金？

7.2.6.1

　　〈how much ＋名詞〉或〈how many ＋名詞〉當主詞時，語序與肯定句相同。

One-Step Drill

120 slow　121 natural

請將聽到的句子按照指示修改成使用〈how much ＋名詞〉或〈how many ＋名詞〉做為主詞的疑問句。原句中的 my / your 請改成 your / my。

Track No.
Unit 7.10

1) A hundred and fifty guests attended my wedding party. （How many guests）
有一百五十位賓客出席了我的婚禮派對。

➡ How many guests attended your wedding party?
有多少賓客出席了你的婚禮派對？

2) A lot of time will be necessary for the renovation of the building. （How much time）
那棟建築物的整修需要大量的時間。

➡ How much time will be necessary for the renovation of the building?
那棟建築物的整修需要多久？

3) Six people are waiting in front of the ramen restaurant.
在拉麵店前有六個人正在等。　　　　（How many people）

➡ How many people are waiting in front of the ramen restaurant?
在拉麵店前有多少人在等？

4) Ten thousand tons of oil is in the tank. （How much oil）
儲油槽中有一萬噸石油。

➡ How much oil is in the tank?
儲油槽中有多少石油？

5） Eight movies are currently showing at the movie theater complex. （How many movies）

現在有八部電影正在那間影城上映。

➡ How many movies are currently showing at the movie theater complex?

現在有多少電影正在那間影城上映？

7.2.6.2

當〈how much ＋名詞〉或〈how many ＋名詞〉做為受詞時，後方的語序會與〈Yes / No 疑問句〉相同。

Two-Step Drill

請將聽到的句子先改成〈Yes / No 疑問句〉，接著依照指示使用〈how much ＋名詞〉或〈how many ＋名詞〉做為受詞來構成疑問句。

Track No.
Unit 7.11

1） His house has two bedrooms. （question）

他的房子有兩間臥室。

➡ Does his house have two bedrooms?

他的房子有兩間臥室嗎？ （How many bedrooms）

➡ How many bedrooms does his house have?

他的房子有幾間臥室？

2） The pasta contains over three grams of salt. （question）

這個義大利麵含有超過三克的鹽。

➡ Does the pasta contain over three grams of salt?

這個義大利麵含有超過三克的鹽嗎？ （How much salt）

➡ How much salt does the pasta contain?

這個義大利麵含有多少鹽？

3） This banquet hall can accommodate 200 people.

這個宴會廳能容納 200 人。　　　　　　　　　　（question）

➡ Can this banquet hall accommodate 200 people?

這個宴會廳能容納 200 人嗎？　　　（How many people）

➡ How many people can this banquet hall accommodate?

這個宴會廳能容納多少人？

4） He drinks two liters of water every day. （question）

他每天都喝兩公升的水。

➡ Does he drink two liters of water every day?

他每天都喝兩公升的水嗎？　　　　（How much water）

➡ How much water does he drink every day?

他每天都喝多少水？

5） She has over twenty pairs of shoes. （question）

她擁有超過二十雙的鞋子。

➡ Does she have over twenty pairs of shoes?

她擁有超過二十雙的鞋子嗎？（How many pairs of shoes）

➡ How many pairs of shoes does she have?

她擁有多少雙鞋子？

Unit 8
被動語態 (1)

　　在 Unit 8 及 Unit 9 中將學習「被動語態」。其實被動語態的句子也是以五大句型（縱軸）的架構來呈現的，而我們在本章中將會練習把第 3 及第 4 句型的句子改為被動語態的型式。當然，這部分的練習也會大量運用從 Unit 1 到 Unit 3 所學到的「文法要素（橫軸）」。

....

　　英文有兩種語態，分別是「主動語態」與「被動語態」。主動語態是站在「執行動作方」的角度來表達，而被動語態則是站在「接受動作方」。舉個例子，「Yoshi 做了那個歐姆蛋」這個句子，「執行動作方」＝站在「Yoshi」的角度來表達，因此是主動語態。另一方面，「那個歐姆蛋是 Yoshi 做的」的句子則是「接受動作方」＝站在「那個歐姆蛋」的角度來表達，則為被動語態。

　　透過上面的解說可以發現，若沒有「執行動作方」跟「接受動作方」，那就無法成立被動語態，因此能夠轉換為被動語態的句子，原則上僅限於使用「及物動詞」的主動語態句子，也就是第 3 句型、第 4 句型及第 5 句型的主動語態句子。

　　被動語態型式的構成方式，首先會將主動語態的 O 改做為 S、讓 V 變成〈be 動詞＋過去分詞（p.p.）〉。接著，原則上會在主動語態的 S（執行動作方）之前加上介系詞 by，並將整個詞組放在句尾，做為 M。如果原本的 S 是人稱代名詞，則會改用受格。

Yoshi made the omelet.
　S　　V　　　O
Yoshi 做了那個歐姆蛋。

⇒ The omelet was made by Yoshi.
　　S　　　　V　　　　M

那個歐姆蛋是 Yoshi 做的。

此外，省略被動語態中的執行動作方（by 後面的名詞）的情況很常見。如 by us、by you、by them 等等，在大多數情形下都會被省略。即使有明確的執行動作方，但當不想特別表明、或彼此都已經知道做動作的是誰，又或是在對話上沒那麼重要時，都會省略執行動作方。

They sell flowers at the shop.
　S　V　　O　　　　M

這家店在賣花。

⇒ Flowers are sold at the shop (by them).
　　S　　　V　　　M　　　　M

花在那家店被賣。
※by them 被省略。

還有一點要特別注意，被動語態使用的 be 動詞是助動詞。因此，在拆解被動語態的句型時，會將〈be 動詞＋過去分詞〉整體視為 V。

The omelet was made by Yoshi.　第 1 句型
　S　　　　V　　　　M

那個歐姆蛋是 Yoshi 做的。

Flowers are sold at the shop (by them).　第 1 句型
　S　　　V　　　M　　　　M

花在那家店被賣。

8.1 從第 3 句型（主動語態）變換為第 1 句型（被動語態）

第 3 句型（主動語態）的句子在改成被動語態後，就會變換為第 1 句型。

They speak French in this country.
　S　　V　　O　　　　M
他們（人們）在這個國家中講法語。

➡ French is spoken in this country (by them).
　S　　V　　　M　　　　　　M
在這個國家中講法語。

124　　125
slow　natural

One-Step Drill

請將聽到的第 3 句型句子改成被動語態型式。當執行動作方是 by us、by you、by them 時，請直接省略。

(((Track No.
Unit 8.1

1）We discussed the matter in the meeting.（change）
我們在會議中討論了那件事。

➡ The matter was discussed in the meeting.
那件事在會議中被討論了。

2）They always clean the room thoroughly.（change）
他們總是把那個房間清潔得很徹底。

➡ The room is always cleaned thoroughly.
那個房間總是被清潔得很徹底。

3）They built Himeji Castle in 1346.（change）
他們在 1346 年建造了姬路城。

➡ Himeji Castle was built in 1346.
姬路城在 1346 年被建造。

4） The drugstore chain sponsors some TV programs.

那家連鎖藥妝店有贊助一些電視節目。　　　　　　　（change）

➡ Some TV programs are sponsored by the drugstore chain.

一些電視節目有被那家連鎖藥妝店贊助。

5） We held an annual conference last month.（change）

我們在上個月召開了年度會議。

➡ An annual conference was held last month.

年度會議在上個月被召開。

8.2　從第 4 句型（主動語態）變換為
第 3 句型（被動語態）

　　第 4 句型（主動語態）的句子在改成被動語態後，就會變換為第 3 句型。一般會將 O_1 變換成 S。

His mother showed me some pictures from his childhood.
　　　S　　　　V　　 O_1　　　　　　 O_2

他的母親給我看了一些他小時候的照片。

➡ I was shown some pictures from his childhood by his mother.
　S　　V　　　　　　　　O　　　　　　　　　　M

我從他母親那裡看到了一些他小時候的照片。

　　此外，使用介系詞 for 來變換成第 3 句型的動詞（請參照 Unit 4 的 4.5），用在被動語態的句子裡會顯得十分不自然。

126　　127

slow　natural

One-Step Drill

　　請將聽到的第 4 句型句子改為被動語態型式，其中 O_1 變換為 S。當執行動作方是 by us、by you、by them 時，請直接省略。

1） A man handed her a flyer from a language school.
一名男子遞給她一張語言學校的傳單。 （change）

➡ She was handed a flyer from a language school by a man.
她從一名男子那裡拿到了一張語言學校的傳單。

2） The association offers high-achieving students scholarships. （change）
那個協會提供傑出的學生獎學金。

➡ High-achieving students are offered scholarships by the association.
傑出的學生獲得由那個協會所提供的獎學金。

3） They sent me the result of my checkup. （change）
他們寄給我健康檢查的結果了。

➡ I was sent the result of my checkup.
我健康檢查的結果寄來了。

4） They pay me a salary on a monthly basis. （change）
他們按月支付我薪水。

➡ I'm paid a salary on a monthly basis.
我按月收到薪水。

5） My father gave me a new laptop. （change）
我父親給了我一台新的筆記型電腦。

➡ I was given a new laptop by my father.
我從我父親那裡得到一台新的筆記型電腦。

8.3 現在進行式的被動語態

現在進行式的被動語態型式是〈be 動詞＋being＋過去分詞〉，用來表達「現在正在被～」的語意。

Filip is installing a heater in the room.
 S   V   O   M

Filip 正在這個房間裡安裝暖氣。

➡ A heater is being installed in the room by Filip.
   S   V   M   M

暖氣正在由 Filip 安裝在這個房間裡。

They're giving Mr. Morrison the award on the stage.
 S   V   O₁   O₂   M

他們正在舞台上頒獎給 Morrison 先生。

➡ Mr. Morrison is being given the award on the stage.
     S   V   O   M

Morrison 先生正在舞台上受獎。

One-Step Drill

slow   natural

　　請將聽到的句子改成現在進行式被動語態型式。當執行動作方是 by us、by you、by them 時，請直接省略。

Track No.
Unit 8.3

1) The sales rep is showing Ms. Wang new products.
　　那位銷售人員正在展示新產品給 Wang 小姐看。　　（change）

　➡ Ms. Wang is being shown new products by the sales rep.
　　Wang 小姐正在由那位銷售人員帶看新產品。

2) They're cleaning the room. （change）
　　他們正在清理那個房間。

　➡ The room is being cleaned.
　　那個房間正在被清理。

3）The police are telling her about the incident.（change）
　　警方正在告知她那個事件。

　　➡ She's being told about the incident by the police.
　　　她正在被警方告知那個事件。

4）A man in a black jacket is stealing a car.（change）
　　穿黑色夾克的男子正在偷一台車。

　　➡ A car is being stolen by a man in a black jacket.
　　　一台車正在被穿黑色夾克的男子偷。

5）They're giving the kids some sweets.（change）
　　他們正在給孩子們一些糖果。

　　➡ The kids are being given some sweets.
　　　孩子們正在領一些糖果。

8.4　使用助動詞的被動語態

　　使用助動詞的被動語態的表達型式是〈助動詞＋be＋過去分詞〉，語意會隨著助動詞而改變。

You should water the plant every day.
　S　　　V　　　　O　　　　M
你應該每天為那植物澆水。

➡ The plant should be watered every day.
　　S　　　　V　　　　　M
那植物應該每天澆水。

We have to give him medicine now.
S　　V　　O₁　　O₂　　M
我們現在必須給他用藥。

➡ He has to be given medicine now.
　　S　　V　　　O　　　M
他現在必須用藥。

150

One-Step Drill

請將聽到的句子改成使用助動詞的被動語態型式。當執行動作方是 by us、by you、by them 時，請直接省略。

Track No.
Unit 8.4

1） You should take his idea into account.（change）
你應該將他的構想列入考慮。

➡ His idea should be taken into account.
他的構想應該要被列入考慮。

2） They can finish the work by the end of the month.
他們可以在月底以前把這項工作結束。　　　　　　（change）

➡ The work can be finished by the end of the month.
這項工作可以在月底以前結束。

3） We must offer clients useful information.（change）
我們必須提供客戶有用的資訊。

➡ Clients must be offered useful information.
客戶必須得到有用的資訊。

4） They'll find a solution soon.（change）
他們很快就會找到解決方案。

➡ A solution will be found soon.
解決方案很快就會找到。

5） They have to show me the evidence.（change）
他們必須拿證據給我看。

➡ I have to be shown the evidence.
我必須看到證據。

Unit 9
被動語態 (2)

　　延續 Unit 8 所學，我們將會在本章繼續探討「被動語態」。在 Unit 8 中，我們將第 3 句型及第 4 句型的句子改造成被動語態的型式，到了本章則是要將第 5 句型的句子變換為被動語態。除此之外，我們也會學到特殊的被動語態——使用「動詞片語」的被動語態。英文中被動語態的成立前提，在於主動語態的存在，因此只要按照特定型式就能簡單將主動語態的句子改成被動語態。在熟練被動語態的「型式」後，就能一口氣大幅提升英文的表達能力。

　　第 5 句型的句子在變換為被動語態後，就會變成第 2 句型。在第 5 句型中，能做為 C 的有「①名詞或形容詞、② to 不定詞、③原形不定詞、④現在分詞、⑤過去分詞」，因此第 5 句型的被動語態也同樣有五種表達型式。

9.1　第 5 句型的被動語態 ① 名詞、形容詞做為 C

<u>We</u> <u>call</u> <u>the legendary baseball player</u> <u>"Mr. Baseball."</u>
　S　　V　　　　　　O　　　　　　　　　　C
我們稱呼那位傳奇棒球選手為「棒球先生」。

➡ <u>The legendary baseball player</u> <u>is called</u> <u>"Mr. Baseball."</u>
　　　　　　　S　　　　　　　　　　V　　　　　　C
　<u>(by us)</u>.
　　　M
那位傳奇棒球選手被稱為「棒球先生」

They left the door open.
S　　V　　　O　　　C

他們讓那道門開著。

⇒ The door was left open (by them).
S　　　V　　C　　　M

那道門開著。

132　　133

One-Step Drill

slow　natural

　　請將聽到的第 5 句型的句子改成被動語態型式，句中以名詞或形容詞做為 C。當執行動作方是 by us、by you、by them 時，請直接省略。

Track No.
Unit 9.1

1） The court found her not guilty. （change）
法院認為她無罪。

⇒ She was found not guilty by the court.
她被法院認為無罪。

2） They call New York "the Big Apple." （change）
人們稱呼紐約為「大蘋果」。

⇒ New York is called "the Big Apple."
紐約被稱為「大蘋果」。

3） You must keep the document confidential. （change）
你務必不要外流那份文件。

⇒ The document must be kept confidential.
那份文件務必不要外流。

4） They named the baby Anna. （change）
他們將寶寶命名為 Anna。

⇒ The baby was named Anna.
寶寶被命名為 Anna。

5） The kids left the room messy. （change）
孩子們把房間弄得一團亂。

➡ The room was left messy by the kids.
房間被孩子們弄得一團亂。

9.2　第 5 句型的被動語態 ② to 不定詞做為 C ……

They allow us to use smartphones at school.
　S　　V　O　　　　　　　C
他們允許我們在學校使用智慧型手機。

➡ We are allowed to use smartphones at school (by them).
　S　　V　　　　　　　　　C　　　　　　M
我們被允許在學校使用智慧型手機。

134　　135

One-Step Drill

請將聽到的第 5 句型的句子改成被動語態型式，句中以 to 不定詞做為 C。當執行動作方是 by us、by you、by them 時，請直接省略。

Track No.
Unit 9.2

1） They encourage us to take the exam. （change）
他們鼓勵我們去參加那個測驗。

➡ We're encouraged to take the exam.
我們被鼓勵去參加那個測驗。

2） They'll allow you to use the parking lot. （change）
他們會允許你使用停車場。

➡ You'll be allowed to use the parking lot.
你會被允許使用停車場。

3） They forced us to work overtime.（change）

他們強迫我們加班。

➡ We were forced to work overtime.

我們被強迫加班。

4） We advise you to make a reservation.（change）

我們建議你預約。（建議事前預約）

➡ You're advised to make a reservation.

你被建議要預約。（預約是被建議的）

5） They'll ask you to make a speech.（change）

他們會請你去演講。

➡ You'll be asked to make a speech.

你會被請去演講。

9.3 第 5 句型的被動語態 ③ 原形不定詞做為 C

當使役動詞（make）及感官動詞（see、hear）以原形不定詞做為補語時，則原形不定詞在改成被動語態後，會變成 to 不定詞。在使役動詞（make、let、have）中，只有 make 有被動語態。

We saw the man enter the building at 11 a.m.
　S　V　　O　　　　　C

我們看見那個男人在上午 11 點進入了那棟大樓。

➡ The man was seen to enter the building at 11 a.m. (by us).
　　S　　　V　　　　　C

那個男人被看見在上午 11 點進入了那棟大樓。

They made me go there.
　S　　V　　O　C

他們要求我去那裡。

➡️ I was made to go there (by them).
  S   V   C   M

我被要求去那裡。

One-Step Drill

請將聽到的第 5 句型的句子改成被動語態型式，句中以原形不定詞做為 C。當執行動作方是 by us、by you、by them 時，請直接省略。

Track No.
Unit 9.3

1） They might make you take over the position.

他們可能會要求你接下那個職位。　　　　　　（change）

➡️ You might be made to take over the position.

你可能會被要求接下那個職位。

2） We never heard her say thank you to anyone.

我們從來沒有聽過她對任何人說謝謝。　　　　（change）

➡️ She was never heard to say thank you to anyone.

從來沒有人聽過她說謝謝。

3） They'll make you attend the meeting every morning.

他們會要求你出席每天早上的會議。　　　　　（change）

➡️ You'll be made to attend the meeting every morning.

你會被要求出席每天早上的會議。

4） They made me sign up for a new plan. （change）

他們要求我報名參加一個新的計畫。

➡️ I was made to sign up for a new plan.

我被要求報名參加一個新的計畫。

5） We saw the star disappear behind the moon.（change）
我們看到那顆星星消失在了月亮之後。

➡ The star was seen to disappear behind the moon.
那顆星星被看到消失在了月亮之後。

9.4 第 5 句型的被動語態 ④ 現在分詞做為 C ……

You shouldn't keep him waiting so long.
 S   V   O   C
你不應該讓他等那麼久。

➡ He shouldn't be kept waiting so long (by you).
 S   V   C   M
他不應該（被迫）等那麼久。

138　139
slow　natural

One-Step Drill

請將聽到的第 5 句型的句子改成被動語態型式，句中以現在分詞做為 C。當執行動作方是 by us、by you、by them 時，請直接省略。

Track No.
Unit 9.4

1） We saw the man pickpocketing.（change）
我們看到那個男子在當扒手。

➡ The man was seen pickpocketing.
那個男子被看到在當扒手。

2） We heard the dog barking late at night.（change）
我們聽到那隻狗在深夜吠叫。

➡ The dog was heard barking late at night.
那隻狗在深夜吠叫被聽到。

3） They caught Travis eavesdropping on their conversation.（change）

他們抓到 Travis 正在偷聽他們的對話。

➡ Travis was caught eavesdropping on their conversation.

Travis 被抓到正在偷聽他們的對話。

4） They kept us waiting for over an hour in the morning.

他們讓我們在早上等了超過一個小時。 （change）

➡ We were kept waiting for over an hour in the morning.

我們在早上等了超過一個小時。

5） The teacher saw him sneaking out of the classroom.

那個老師看到他偷偷溜出了教室。 （change）

➡ He was seen sneaking out of the classroom by the teacher.

他被那個老師看到偷偷溜出了教室。

9.5 第 5 句型的被動語態 ⑤ 過去分詞做為 C ……

His explanation left the students confused.
　　S　　　　　V　　　　O　　　　　C

他的說明讓學生們感到困惑。

➡ The students were left confused by his explanation.
　　　S　　　　　V　　　　C　　　　　　M

學生們因為他的說明而感到困惑。

One-Step Drill

slow　natural

請將聽到的第 5 句型的句子改成被動語態型式，句中以過去分詞做為 C。當執行動作方是 by us、by you、by them 時，請直接省略。

Track No.
Unit 9.5

1） We'll keep you informed about our new products.
我們會持續通知你新產品的相關資訊。　　　　　（change）

➡ You'll be kept informed about our new products.
你會持續收到我們新產品的相關資訊。

2） We found the pot uncovered. （change）
我們發現那個鍋子沒有蓋上。

➡ The pot was found uncovered.
那個鍋子被發現的時候沒有蓋上。

3） You can see the mountain covered with snow in winter. （change）
你在冬天可以看到那座山被雪覆蓋著。

➡ The mountain can be seen covered with snow in winter.
那座山被雪覆蓋著的樣子可以在冬天看到。

4） We left the door closed during the meeting. （change）
我們在開會時關著門。

➡ The door was left closed during the meeting.
門在開會時關著。

5） We'll keep the website updated. （change）
我們會持續更新那個網站。

➡ The website will be kept updated.
那個網站會持續更新。

9.6 動詞片語的被動語態 ·······································

「動詞片語」也可以改造成被動語態的型式。動詞片語是指「由兩個以上的單字組成、表達單一動詞語意」的片語，有 ①「及物動詞＋副詞」、②「不及物動詞＋介系詞」、③「及物動詞＋名詞＋介系詞」三種。

常見的 ①「及物動詞＋副詞」有 call off（中止～）、carry out（實行～；進行）、 give up（放棄～）、leave behind（把～忘記；把～留下）、put off（將～延後）、take off（拿掉～；脫去～）、throw away（丟棄～）等等，在改造成被動語態型式時，就像到目前為止所學到的，只要將及物動詞的 O 改做為 S 即可。

比較有問題的會是要將 ② 的「不及物動詞＋介系詞」與 ③ 的「及物動詞＋名詞＋介系詞」改成被動語態型式的部分。在此歸納出兩大要點，一起來練習如何將動詞片語改造成被動語態吧！

不及物動詞＋介系詞

deal with（處理～）、laugh at（嘲笑～）、look at（看著～）、speak to（對～說話）等等都是「不及物動詞＋介系詞」結構的動詞片語，只要把它們看作是一個動詞，再將原本接在介系詞之後的 O 改作 S，就可以變成被動語態的型式了。catch up with（趕上～）、cut down on（減少～）、look up to（景仰～）、make up for（彌補～）等等動詞片語，則是由「不及物動詞＋副詞＋介系詞」所構成，亦可歸類為同一類的動詞片語。由這些動詞片語改造而來的被動語態型式，會是英文中的例外表達方式，所以沒有可以套用的句型。

A stranger spoke to me.
一個陌生人對我說話。

➡ I was spoken to by a stranger.
我被一個陌生人搭話。

A lot of people laughed at the man.
很多人嘲笑那個男子。

→ The man was laughed at by a lot of people.
那個男子被很多人嘲笑。

及物動詞＋名詞＋介系詞

take care of ~（照顧～）、pay attention to ~（注意～）、take control of ~（控制～）等等是以「及物動詞＋名詞＋介系詞」構成的動詞片語，只要將片語之中的名詞改做為 S，就可以變成被動語態的型式，且這些名詞的前面通常都會出現形容詞。另外，這時候構成的被動語態型式會是第 1 句型。

The government took full control of the region.
      S   V   O   M
政府完全控制了那個地區。

→ Full control was taken of the region by the government.
     S   V   M   M
那個地區已被政府完全控制。

142   143
slow   natural

One-Step Drill

請將所聽到的含有動詞片語的句子，以後面聽到的單字做為主詞，改成被動語態型式的句子，當執行動作方是 by us、by you、by them 時，請直接省略。

Track No.
Unit 9.6

1） We'll deal with the issue.（The issue）
我們會處理那個問題。

→ The issue will be dealt with.
那個問題會被處理。

2) They can't make up for the loss easily. （The loss）
他們無法輕易彌補那個損失。

➡ The loss can't be made up for easily.
那個損失無法輕易彌補。

3) All her classmates looked up to her. （She）
她的全部同學都很景仰她。

➡ She was looked up to by all her classmates.
她被她的全部同學所景仰。

4) You should pay more attention to his words.
你應該更加注意他所説的話。　　　　　　　　（More attention）

➡ More attention should be paid to his words.
他所説的話應該被更加注意。

5) We must take great care of the elderly. （Great care）
我們必須好好照顧年長者。

➡ Great care must be taken of the elderly.
年長者必須被好好照顧。

Unit 10
現在完成式 (1)
〈持續〉／現在完成進行式

　　在 Unit 10 及 Unit 11 中，我們的目標是要徹底學會英文文法要素（橫軸）中，最讓人覺得困難的「現在完成式」。現在完成式的型式是〈have / has＋過去分詞（p.p.）〉。這裡使用的 have / has 是助動詞（have / has 還有一般動詞「擁有～」的用法，請注意不要搞混了）。現在完成式有「持續」、「完結（結果）」、「經驗」等三種用法（語意）。我們在這章將會探討「持續」的用法，並靈活運用到目前為止學到的所有文法要素（橫軸），如肯定句、否定句、疑問句（以及 wh- 疑問句）等來進行練習。

....

　　現在完成式是用來表達從過去到現在時間點為止的這段「期間」的時態。不過，正如「現在完成」這個名稱所表達的，使用現在完成式的說話者會將意識放在「現在時間點」之上。各種現在完成式用法的共通點，即是下面用箭頭標明的「從過去到現在時間點為止的這段期間」的概念。

過去	現在	未來

現在完成式

　　現在完成式的「持續」用法，是指從「過去的某時間點」到「現在時間點」為止的「期間」中，「某狀態一直持續著」的表達方式。原則上「現在完成式」〈have / has＋過去分詞（p.p.）〉會使用「狀態動詞」，而「現在完成進行式」〈have / has＋been＋現在分詞

（-ing））則會用「動作動詞」。

此外，這個用法通常都會跟介系詞 for（在～的期間）或 since（自從～）一起使用（since 也有做為連接詞的用法）。for 的後面可以接 three days 或 many years 等等，表示一段期間的名詞或名詞片語，since 的後面會接 yesterday 或 last April 等等，表示過去時間點的名詞或名詞片語。

這裡必須注意 since ~ ago 這種表達方式是錯的。since three days ago 在乍看之下沒什麼問題，可是 three days ago（三天之前）其實是副詞片語，所以不能接在介系詞後面（介系詞後面只能接名詞或名詞片語）。不過，其實會用 since ~ ago 的英文母語人士也越來越多了，其中多半是年輕人，然而這種表達方式並不是正規用法，所以我們身為外國學習者還是應該要避免使用。

10.1 使用現在完成式（持續）・狀態動詞的肯定句

狀態動詞是指表達「持續某個狀態」的動詞。因為原本就跟進行式的意思很接近，所以原則上不會使用進行式的表達型式。狀態動詞的代表就是 be 動詞，其他還有 have（擁有）、know（認識；知道）或 see（看見）和 hear（聽見）等等「感官動詞」，以及 want（想要）、like（喜歡）、love（愛）、hate（討厭）等表達「情感」的動詞。

<u>They</u> <u>have known</u> <u>each other</u> <u>since childhood</u>.
　S　　　V　　　　O　　　　　　M
他們從小就彼此認識。
※each other 是代名詞。

<u>It</u> <u>has been</u> <u>fine</u> <u>for two weeks</u>.
　S　　V　　　C　　　M
這兩個禮拜以來天氣都很好。

I have had this smartphone for eight years.
S   V   O   M

我已經擁有這台智慧型手機八年了。

※ 句中以現在完成式表達 have this smartphone（擁有這台智慧型手機）。請小
心不要搞混現在完成式的助動詞 have 與一般動詞的 have（擁有～）。

One-Step Drill

請將聽到的句子加上副詞片語，構成表示持續狀態的現在完成
式肯定句。全部的句子均使用狀態動詞。

1） Joe lives in Los Angeles.（since 2000）
Joe 住在洛杉磯。

   ➡ Joe has lived in Los Angeles since 2000.
     Joe 從 2000 年開始就一直住在洛杉磯。

2） Lynn is in the kitchen.（since early morning）
Lynn 在廚房裡。

   ➡ Lynn has been in the kitchen since early morning.
     Lynn 從一大早就在廚房裡。

3） Inclement weather keeps the flight suspended.
惡劣的天氣使班機停飛。   （for two days）

   ➡ Inclement weather has kept the flight suspended
     for two days.
     惡劣的天氣使班機停飛了兩天的時間。

4） Will is in charge of quality control.（for many years）
Will 負責品質管制。

   ➡ Will has been in charge of quality control for
     many years.
     Will 多年來一直負責品質管制。

5）The bakery is closed.（since the beginning of the month）

那間烘焙坊沒開。

➡ **The bakery has been closed since the beginning of the month.**

那間烘焙坊從這個月初開始就沒開了。

10.2 現在完成式的縮寫 ·······························

當現在完成式中的主詞是代名詞時，一般會使用下面的縮寫方式。在本書練習中也會用到這些縮寫。

第一人稱單數　I have ➡ I've
第一人稱複數　We have ➡ We've
第二人稱單數／第二人稱複數　You have ➡ You've
第三人稱單數　He has ➡ He's / She has ➡ She's /
　　　　　　　It has ➡ It's
第三人稱複數　They have ➡ They've

146 　147
slow　natural

One-Step Drill

請將聽到的句子加上副詞片語，構成表示持續狀態的現在完成式肯定句。全部的句子均使用狀態動詞並以人稱代名詞做為主詞，請使用縮寫來表達吧！

Track No.
Unit 10.2

1）She lives in London.（for a year）

她住在倫敦。

➡ **She's lived in London for a year.**

她住在倫敦一年了。

2） I know him. （since elementary school）
我認識他。

➡ I've known him since elementary school.
我從小學就認識他了。

3） He's awake. （for a whole day）
他醒著。

➡ He's been awake for a whole day.
他已經醒著一整天了。

4） It's a little chilly. （since yesterday）
天氣有點涼涼的。

➡ It's been a little chilly since yesterday.
天氣從昨天開始就有點涼涼的。

5） Their relationship remains close. （for many years）
他們的關係依舊緊密。

➡ Their relationship has remained close for many years.
他們的關係多年來依舊緊密。

10.3 使用現在完成式（持續）‧狀態動詞的疑問句

在構成現在完成式的疑問句型式時，會將主詞與 have / has 的位置對調。

Have you lived in Hong Kong for many years?
　　S　　V　　　　M　　　　　　M
你已經住在香港很多年了嗎？

Has she known Thomas for years?
　S　　V　　O　　M
她已經認識 Thomas 很多年了嗎？

One-Step Drill

148 149
slow natural

請將聽到的句子加上副詞片語，構成表示持續狀態的現在完成式疑問句。全部的句子均使用狀態動詞。

((• Track No.
Unit 10.3 •))

1） Is your father at home?（since this morning）
你父親在家裡嗎？

➡ Has your father been at home since this morning?
你父親從今天早上開始就一直在家裡嗎？

2） Do you like English?（since junior high）
你喜歡英文嗎？

➡ Have you liked English since junior high?
你從國中開始就喜歡英文了嗎？

3） Does he have a dog?（for years）
他有養狗嗎？

➡ Has he had a dog for years?
他養狗很多年了嗎？

4） Does exercise keep you in good health?
運動使你保持健康嗎？（for many years）

➡ Has exercise kept you in good health for many years?
運動使你多年來保持健康嗎？

5） Is the singer popular in your country?
那位歌手在你們國家很紅嗎？（for over two decades）

➡ Has the singer been popular in your country for over two decades?
那位歌手在你們國家紅超過二十年了嗎？

10.4 現在完成進行式 · 肯定句

現在完成進行式可以表達動作動詞的持續。現在完成進行式的型式是〈have / has + been + -ing〉。

動作動詞是指表達「『現在』能以自我意識做到的事」的動詞，如 eat（吃）、drink（喝）、study（學習）等等，英文中的動詞多半都是動作動詞。

<u>Sho</u> <u>has been studying</u> <u>French</u> <u>for three hours</u>.
　S　　　　　V　　　　　　O　　　　　　M
Sho 已經念法語念了三個小時。

<u>The woman</u> <u>has been standing</u> <u>in front of the station</u>.
　　S　　　　　　V　　　　　　　　　　M
那個女人一直站在車站前面。

150　　151

slow　natural

One-Step Drill

請將聽到的句子加上副詞片語，構成表示持續狀態的現在完成進行式肯定句。全部的句子均使用動作動詞。此外，當主詞為人稱代名詞時，請使用縮寫（I've / We've / You've / He's / She's / It's / They've）。

Track No.
Unit 10.4

1） He's playing soccer.（since early morning）
他正在踢足球。

　➡ He's been playing soccer since early morning.
　他從一大早就開始踢足球了。

2） I'm studying in the library.（for about an hour and a half）
我正在圖書館裡念書。

➡ I've been studying in the library for about an hour and a half.

我已經在圖書館裡念了大概一個半小時的書。

3）She's practicing the piano.（since 1 p.m.）

她正在練習鋼琴。

➡ She's been practicing the piano since 1 p.m.

她從下午一點開始就在練習鋼琴了。

4）A dog is barking loud.（for over an hour）

一隻狗正在大聲吠叫。

➡ A dog has been barking loud for over an hour.

一隻狗已經大聲吠叫了超過一個小時。

5）I'm staying at a hotel in front of the station.

我住在車站前面的飯店裡。　　　　　　　　（since Tuesday）

➡ I've been staying at a hotel in front of the station since Tuesday.

我從星期二開始就住在車站前面的飯店裡。

10.5 現在完成式／現在完成進行式 · 否定句 ……

　　現在完成式和現在完成進行式的否定句型式，是在 have / has 的後面加上 not。當句子是否定句時，即使句中使用的是動作動詞，也不會使用現在完成進行式，一般都會用現在完成式來表達。

I have not stayed at the hotel since last year.
S V   M   M

我從去年開始就沒有住過那間飯店了。

He has not played any sports since last summer.
 S V   O   M

他從去年夏天開始就沒有打過任何球了。

在口語中會使用縮寫 haven't / hasn't。

當以人稱代名詞為主詞時，也大多不會使用 I've not / We've not / He's not / She's not / It's not / They've not，一般會用 I haven't / We haven't / You haven't / He hasn't / She hasn't / It hasn't / They haven't 的說法。在本書的練習中，不論主詞為何，一律使用〈haven't / hasn't〉。

I <u>haven't</u> stayed at the hotel since last year.
He <u>hasn't</u> played any sports since last summer.

One-Step Drill

152　153
slow　natural

請將聽到的句子加上副詞片語，構成現在完成式否定句，並請使用縮寫。

Track No.
Unit 10.5

1） He doesn't clean his room. （for two weeks）
他不打掃自己的房間。

➡ He hasn't cleaned his room for two weeks.
他已經兩個禮拜沒有打掃自己的房間了。

2） She doesn't visit her uncle. （since last summer）
她不去看她叔叔。

➡ She hasn't visited her uncle since last summer.
她從去年夏天開始就沒去看過她叔叔了。

3） I don't use this treadmill. （for over two years）
我不使用這台跑步機。

➡ I haven't used this treadmill for over two years.
我已經超過兩年沒有使用這台跑步機了。

4） I don't hear from Gloria.（for ages）

我不想聽到 Gloria 的消息。

➡ I haven't heard from Gloria for ages.

我已經很久沒有聽到 Gloria 的消息了。

5） I'm not an extrovert.（since my childhood）

我不是一個外向的人。

➡ I haven't been an extrovert since my childhood.

我從小就不是一個外向的人。

10.6 現在完成進行式 · 疑問句 ·····

在構成現在完成進行式的疑問句時，會將主詞與 have / has 的位置對調。

<u>Are</u> <u>you</u> <u>waiting</u> <u>for him</u>?
   S   V   M

你在等他嗎？

➡ <u>Have</u> <u>you</u> <u>been waiting</u> <u>for him</u> <u>for over half an hour</u>?
    S   V   M   M

你已經等他等超過半個小時了嗎？

<u>Is</u> <u>she</u> <u>doing</u> <u>her homework</u>?
   S   V   O

她正在做回家功課嗎？

➡ <u>Has</u> <u>she</u> <u>been doing</u> <u>her homework</u> <u>since morning</u>?
    S   V   O   M

她從早上開始就一直在做回家功課嗎？

One-Step Drill

154 slow　155 natural

請將聽到的句子加上副詞片語，構成現在完成進行式的疑問句。全部的句子均使用動作動詞。

((• Track No.
Unit 10.6 •))

1） Are you thinking about the solution? （for days）
你正在思考解決方案嗎？

➡ Have you been thinking about the solution for days?
你已經思考解決方案思考了好幾天嗎？

2） Is he packing up his things? （all day）
他正在打包他的東西嗎？

➡ Has he been packing up his things all day?
他已經打包他的東西打包一整天了嗎？

3） Is she doing exercise? （since 10 a.m.）
她正在運動嗎？

➡ Has she been doing exercise since 10 a.m.?
她從早上 10 點開始就運動到現在了嗎？

4） Is Erica washing her car? （for hours）
Erica 正在洗她的車嗎？

➡ Has Erica been washing her car for hours?
Erica 已經洗她的車洗了好幾個小時了嗎？

5） Are you looking for a new job? （since last month）
你正在找新工作嗎？

➡ Have you been looking for a new job since last month?
你從上個月開始就一直在找新工作嗎？

10.7 how long 疑問句

在屬於 wh- 疑問句的〈how long〉疑問句中，用到現在完成式與現在完成進行式的頻率非常高。

I've lived in Kumamoto for twenty years.
S   V   M   M
我已經在熊本住了二十年。

➡ How long have you lived in Kumamoto?
M   S   V   M
你已經在熊本住多久了？

Stella has been working on the report since last Wednesday.
S   V   M   M
Stella 從上週三起就一直在做那份報告。

➡ How long has Stella been working on the report?
M   S   V   M
Stella 那份報告已經做了多久？

156　157
slow　natural

Three-Step Drill

請將聽到的句子加上隨後聽到的副詞片語，並將現在式（使用狀態動詞）的句子改成現在完成式，而現在進行式的句子（使用動作動詞）則是改成現在完成進行式，並開口說說看。接下來請將句子改成〈Yes / No 疑問句〉，最後則使用〈how long〉來構成 wh- 疑問句。

Track No.
Unit 10.7

1) She's sleeping in bed.（for over eight hours）
她正在床上睡覺。

➡ She's been sleeping in bed for over eight hours.
她已經在床上睡覺睡超過八個小時了。　　　（question）

➡ Has she been sleeping in bed for over eight hours?
她已經在床上睡覺睡超過八個小時了嗎？　　（How long）

➡ How long has she been sleeping in bed?
她已經在床上睡覺睡多久了？

2) I live in Russia.（since 2004）
我住在俄羅斯。

➡ I've lived in Russia since 2004.（question）
我從 2004 年開始就住在俄羅斯了。

➡ Have you lived in Russia since 2004?（How long）
你從 2004 年開始就住在俄羅斯了嗎？

➡ How long have you lived in Russia?
你已經在俄羅斯住多久了？

3) Tony likes Korean movies.（for over ten years）
Tony 喜歡韓國電影。

➡ Tony has liked Korean movies for over ten years.
Tony 已經喜歡韓國電影喜歡超過十年了。　　　（question）

➡ Has Tony liked Korean movies for over ten years?
Tony 已經喜歡韓國電影喜歡超過十年了嗎？　　（How long）

➡ How long has Tony liked Korean movies?
Tony 已經喜歡韓國電影喜歡多久了？

4） I'm cooking for the party.（since early morning）

我正在為了那場派對做菜。

➡ I've been cooking for the party since early morning.

我從一大早開始就為了那場派對在做菜。　（question）

➡ Have you been cooking for the party since early morning?（How long）

你從一大早開始就為了那場派對在做菜嗎？

➡ How long have you been cooking for the party?

你已經為那場派對做菜做多久了？

5） He wants a jacuzzi.（for many years）

他想要一個按摩浴缸。

➡ He's wanted a jacuzzi for many years.（question）

他多年來都想要一個按摩浴缸。

➡ Has he wanted a jacuzzi for many years?

他多年來都想要一個按摩浴缸嗎？　（How long）

➡ How long has he wanted a jacuzzi?

他想要一個按摩浴缸想要多久了？

Unit 11
現在完成式 (2)
〈完結（結果）‧ 經驗〉

本章延續 Unit 10 繼續探討「現在完成式」，接下來要學習表達「完結（結果）」與「經驗」的用法。在能靈活運用現在完成式之後，使用英文進行口語溝通的能力也會有長足的進步。

....

在 Unit 11 中將會學到現在完成式的三種用法中，剩下的兩種用法：「完結或結果」與「經驗」。肯定句與否定句的縮寫方式，和在 Unit 10 時學習「持續」用法時所學的相同，且這兩種用法的概念也跟「持續」用法的概念相同，也就是第 163 頁中用箭頭標明的「從過去到現在時間點為止的這段期間」。

11.1 現在完成式（完結或結果）‧ 肯定句 ....

現在完成式的「完結」用法，會用來表達「從過去到『現在時間點』為止的這段『期間』中『已經完成某行為』」的語意。

在這種用法的肯定句中經常會出現 already（已經）、just（剛才），而在否定句與疑問句中，則常會搭配使用 yet（尚未，已經）等副詞。不過，這些副詞並非專屬於現在完成式，僅是經常出現於現在完成式的句子裡，所以當然也可以用在其他的時態之中，所以不能用來當作辨別現在完成式的方法，請特別注意。能用來判別現在完成式的特徵只有〈have / has ＋過去分詞〉的型式。

I've already done my homework.
S   M   V   O

我已經完成我的回家作業了。

I've just done my homework.
S   M   V   O

我剛剛才完成我的回家作業。

利用現在完成式表達「結果」的用法，與「完結」用法相同，都是表達「到『現在時間點』為止的這段『期間』中『已經完成某行為』」的語意，但句子會更加聚焦於「結果現在變成如何？」的語意。

The train has already left the station.
S   M   V   O

那輛火車已經駛離車站了。
（結果是火車已經離開車站了）

He's just gone to work.
S   M   V   M

他才剛離開去上班。
（結果是他現在已經離開這裡了）

在現在完成式的句子裡，不會使用 yesterday、two days ago、last week 等等，用來表示「某個時間點」的副詞或副詞片語。因為若是使用這些副詞或副詞片語，就會切斷與現在時間點之間的連結，不符合現在完成式「從過去到現在時間點為止的這段期間」的時態概念。

※ 基於相同理由，像是 when I was a child 這種表達「某個時間點」的副詞子句，也不能用在現在完成式的句子裡。

使用表示「某個時間點」的副詞或副詞子句時，不會使用現在完成式而會用過去式。

I've done my homework yesterday.（ × ）
I did my homework yesterday.（ ○ ）

過去式的概念

過去　　　　　　　　現在　　　　　　　　未來

I did my homework yesterday.
我昨天做了我的回家作業。

這裡也許會有人覺得奇怪，在 Unit 10 的持續用法中，明明有用到 yesterday 啊？為什麼可以呢？

I've been doing my homework <u>since yesterday</u>.
我從昨天開始就一直在做回家作業。

因為上面這句中的 since 是介系詞，所以接續的 yesterday 當然就不是副詞而是名詞，since last week 和 since last year 也是一樣的道理，表達的都是從「某個時間點」（昨天、上週、去年等等）算起到「現在時間點」為止的「期間」（而不是時間點）的副詞片語（介系詞片語）。

One-Step Drill

請將聽到的句子加上隨後聽到的副詞，並改造成表達完結或結果的現在完成式肯定句。請將表示「某個時間點」、不能用在現在完成式中的 M 拿掉。

Track No.
Unit 11.1

1 ）Jesse arrived in Nagoya about ten minutes ago. （just）
　　Jesse 大概在十分鐘之前抵達名古屋了。

　　➡ Jesse has just arrived in Nagoya.
　　　Jesse 剛剛才抵達了名古屋。

2 ）She renewed the contract last month. （already）
　　她上個月續約了。

　　➡ She's already renewed the contract.
　　　她已經續約了。

3 ）I returned from work about five minutes ago. （just）
　　我大概五分鐘前從公司回來的。

　　➡ I've just returned from work.
　　　我剛從公司回來。

4 ）The ceremony finished about two and a half hours ago.
　　那場儀式大約在兩個半小時前結束了。　　　　　　　　（already）

　　➡ The ceremony has already finished.
　　　那場儀式已經結束了。

5 ）The train left the station about a minute ago. （just）
　　那班火車大概一分鐘前駛離車站了。

　　➡ The train has just left the station.
　　　那班火車剛剛才駛離車站。

11.2 現在完成式（完結或結果）‧否定句 ‧‧‧‧‧‧‧

One-Step Drill

slow natural

　　請將聽到的句子加上隨後聽到的副詞，並改造成表達完結或結果的現在完成式否定句。請將表示「某個時間點」、不能用在現在完成式中的 M 拿掉。

Track No.
Unit 11.2

1） She didn't do her homework last night.（yet）
她昨晚沒有做她的回家作業。

➡ She hasn't done her homework yet.
她還沒有做完她的回家作業。

2） He didn't apply for the seminar yesterday.（yet）
他昨天沒有申請參加那場研討會。

➡ He hasn't applied for the seminar yet.
他還沒有申請參加那場研討會。

3） The singer didn't release a new song in April.（yet）
那位歌手在四月沒有發表新歌。

➡ The singer hasn't released a new song yet.
那歌手還沒有發表新歌。

4） I didn't get a driver's license last month.（yet）
我上個月沒有拿到駕照。

➡ I haven't got a driver's license yet.
我還沒有拿到駕照。

5） The party didn't end at 8 p.m.（yet）
那個派對沒有在晚上 8 點結束。

➡ The party hasn't ended yet.
那個派對還沒結束。

11.3 現在完成式（完結或結果）‧疑問句 ....

　　在構成現在完成式的疑問句時，必須將主詞與 have / has 的位置對調。

> Did you buy the book yesterday?
> 　S　V　　the book　M
> 你昨天買了那本書嗎？

➡ Have you bought the book yet?
　　S　V　　O　　M
你已經買那本書了嗎？

Did Yuki graduate from college in March?
　S　　V　　　M　　　M
Yuki 在三月從大學畢業了嗎？

➡ Has Yuki graduated from college yet?
　　S　　V　　　M　　M
Yuki 已經從大學畢業了嗎？

162　　163
slow　　natural

One-Step Drill

　　請將聽到的句子加上隨後聽到的副詞，並改造成表達完結或結果的現在完成式疑問句。請將表示「某個時間點」、不能用在現在完成式中的 M 拿掉。

Track No.
Unit 11.3

1） Did he receive a bonus last Friday?（yet）
　　他上週五拿到了獎金嗎？

➡ Has he received a bonus yet?
　他已經拿到獎金了嗎？

2）Did you finish your report last night?（yet）
　你昨晚做完你的報告了嗎？

　➡ Have you finished your report yet?
　　你已經做完你的報告了嗎？

3）Did she leave home at around 7 a.m.?（yet）
　她是在早上 7 點左右離開家裡的嗎？

　➡ Has she left home yet?
　　她已經離開家裡了嗎？

4）Did the research project start last week?（yet）
　那個研究專案是上週開始的嗎？

　➡ Has the research project started yet?
　　那個研究專案已經開始了嗎？

5）Did you submit your writing assignment yesterday?
　你昨天有交寫作作業嗎？　　　　　　　　　　　　（yet）

　➡ Have you submitted your writing assignment yet?
　　你已經交寫作作業了嗎？

11.4 現在完成式（經驗）・肯定句 ·····················

　現在完成式的「經驗」用法，表達的是在到「現在時間點」為止的「期間」之中，「曾經歷過某事」的語意。

　表達「經驗」的現在完成式的肯定句中經常出現 once（一次）、twice（兩次）、~ times（～次）、before（以前）；否定句中與 never（從未）、疑問句中與 ever（曾經，至今）等副詞經常一起使用。不過，這些副詞不只會在現在完成式的句子裡出現，也會在其他時態的句子中出現，所以不能直接將這些副詞當成辨別現在完成式的指標，請務必注意。

I've visited <u>the Eiffel Tower</u> <u>before</u>.

S   V   O   M

我以前曾去過艾菲爾鐵塔。

請注意表達「經驗」的用法，同樣也不能使用表示「某個時間點」的 M（副詞、副詞片語或副詞子句）。

I've visited the Eiffel Tower last year.（×）

此外，當想表達「曾去過～（某處）」時，要使用「have / has been to ~」的表達型式，如果用「have / has gone to ~」會變成表達「已經去了～（某處）」的「結果」用法，必須特別注意。

He's <u>been to Hawaii</u> <u>three times</u>.

S   V   M   M

他曾去過夏威夷三次。〈經驗用法〉

He's <u>gone to Hawaii</u>.

S   V   M

他已經去夏威夷了。〈結果用法〉
（現在人在夏威夷，已經離開這裡了）

164   165

slow   natural

One-Step Drill

請將聽到的句子加上隨後聽到的副詞，並改造成表達經驗的現在完成式肯定句。請將表示「某個時間點」、不能用在現在完成式中的 M 拿掉。

))(Track No.
Unit 11.4

1） I ate authentic Indian food about two years ago.

我大概兩年前吃了正宗的印度菜。　　　　　　　　（before）

➡ I've eaten authentic Indian food before.
我以前曾吃過正宗的印度菜。

2） He went to Beijing in January. （twice）
他一月時去了北京。

➡ He's been to Beijing twice.
他曾去過兩次北京。

3） I met Terry about three years ago. （before）
我是在大概三年前見到 Terry 的。

➡ I've met Terry before.
我以前和 Terry 見過面。

4） May won the lottery four years ago. （once）
May 在四年前中了樂透。

➡ May has won the lottery once.
May 曾中過一次樂透。

5） I invited Kerry to my home last year. （before）
我去年邀請了 Kerry 到我家。

➡ I've invited Kerry to my home before.
我以前邀請過 Kerry 到我家。

11.5 現在完成式（經驗）‧否定句

請比較下面的兩個句子，再度仔細確認過去式與現在完成式之間的差異吧！

（A）I didn't visit the Eiffel Tower.
（B）I haven't visited the Eiffel Tower.

（A）是單純描述「我那時沒去艾菲爾鐵塔」的這件「過去事實」，相對於此，（B）則是描述「從那時到現在時間點為止的人生」

這段「期間」之中，「（從過去到在現在這個時間點都）沒去過艾菲爾鐵塔」的這個「經驗」。

166 167
slow natural

One-Step Drill

請將聽到的句子利用隨後聽到的否定副詞，改成表示經驗的現在完成式否定句。請將表示「某個時間點」、不能用在現在完成式中的 M 拿掉。

(Track No.
Unit 11.5)

1） I didn't stay at that hotel yesterday. （not）
我昨天沒有住那間飯店。

⇒ I haven't stayed at that hotel.
我沒有住過那間飯店。

2） She didn't swim in the sea last summer. （never）
她去年夏天沒有在海裡游泳。

⇒ She's never swum in the sea.
她從來沒有在海裡游過泳。

3） He didn't go to Rome three years ago. （not）
他三年前沒有去羅馬。

⇒ He hasn't been to Rome.
他沒有去過羅馬。

4） The weekly meeting didn't start on time yesterday.
昨天的週會沒有準時開始。   （never）

⇒ The weekly meeting has never started on time.
週會從來沒有準時開始過。

5） I didn't miss the last train on Friday. （never）

我沒有錯過星期五的末班車。

➡ I've never missed the last train.

我從來沒有錯過末班車。

11.6 現在完成式（經驗）· 疑問句 ·····················

　　請試著將「你有見過他嗎？」翻成英文看看。「因為問的是有沒有經驗，所以用現在完成式就對了」──這種直線的思考方式其實有點太急著下結論了。

　　只要是現在完成式，即使是表達「經驗」的用法，說話者仍然將重點完全放在「現在」之上。也就是說，句中的「經驗」必須是「現在這個時間點仍可做得到的事情」。

　　假設是針對「已經去世的人（現在再也無法見到的人）」提出「有見過那個人嗎？」的疑問，那麼下面哪個才是正確的句子呢？

（A）Have you（ever）met him?
（B）Did you（ever）meet him?

　　正確答案當然是過去式的（B）。如果是現在完成式的（A），前提必須是「現在仍可見得到」。因為無法預設對方的答案一定會是「（在現在時間點）尚未見過」，所以明顯（A）的問法在這個邏輯下無法成立。

　　就像這樣，即使中文說的是「曾做過～」，翻成英文也不一定總是能用現在完成式，也有必須使用過去式來表達的情況。所以，當針對已經不存在的地點（建築物等等），詢問「曾經去過嗎？」的時候，也不會使用現在完成式，而是使用過去式。

One-Step Drill

168 169
slow natural

請將聽到的句子加上隨後聽到的副詞，改造成表示經驗的現在完成式疑問句，並將不能用在現在完成式中的表達方式拿掉。

Track No.
Unit 11.6

1） Did he take part in a marathon last year?（ever）
他去年參加了馬拉松嗎？

➡ Has he ever taken part in a marathon?
他有參加過馬拉松嗎？

2） Did you go to Niagara Falls three years ago?（ever）
你三年前去了尼加拉大瀑布嗎？

➡ Have you ever been to Niagara Falls?
你曾去過尼加拉大瀑布嗎？

3） Did the tennis player win the tournament last year?
那位網球選手去年有拿下這項巡迴賽的冠軍嗎？（ever）

➡ Has the tennis player ever won the tournament?
那位網球選手有拿過這項巡迴賽的冠軍嗎？

4） Did Wendy drive to work yesterday?（ever）
Wendy 昨天是開車上班嗎？

➡ Has Wendy ever driven to work?
Wendy 有開車上班過嗎？

5） Did you visit the Eiffel Tower then?（ever）
你那時有去艾菲爾鐵塔嗎？

➡ Have you ever visited the Eiffel Tower?
你有去過艾菲爾鐵塔嗎？

Unit 12
祈使句 · 否定疑問句 · 附加問句

　　我們在本章將會學到做為英文文法的「縱軸」，也就是與基本體系架構有關的「祈使句」、「否定疑問句」及「附加疑問句」的句型構成方式。除了五大句型，也要利用到目前為止所學的所有文法知識，例如各種時態、助動詞、被動語態等等，來進行練習兼總複習。這些全都是會頻繁出現在日常會話中的表達方式。快來認真練習，直到得心應手吧！

12.1 祈使句

　　祈使句會用來下達命令或指示。在主詞是第二人稱（You）且時態是「現在式」的前提下，從第 1 句型到第 5 句型，所有的句型都可以改造成祈使句。句中的主詞（You）會被省略且使用原形動詞。

Be quiet.
安靜。

Listen to me.
聽我說。

One-Step Drill

170 slow　171 natural

請以聽到的句子為基礎，將句子改造成祈使句。

Track No.
Unit 12.1

1） You should be nice to him. （change）
你應該要對他好一點。

　➡ Be nice to him.
　　要對他好一點。

2）You must get back home by 7 p.m.（change）
你必須在晚上 7 點以前到家。

➡ Get back home by 7 p.m.
晚上 7 點以前要到家。

3）You should exercise regularly.（change）
你應該要規律運動。

➡ Exercise regularly.
要規律運動。

4）You should make the point clear.（change）
你應該要表達清楚那個論點。

➡ Make the point clear.
要表達清楚那個論點。

5）You must tidy up your desk.（change）
你必須整理好你的桌子。

➡ Tidy up your desk.
要整理好你的桌子。

12.2 委婉的祈使句

要表達委婉的語氣時，會在動詞前面加上 please。不過，即使加上 please，也只是口氣變得委婉而已，做為祈使句的本質不會改變。只有在前提「被告知者有義務進行被告知的內容」成立時，才會使用祈使句。

Please be quiet.
請安靜。

Please listen to me.
請聽我説。

One-Step Drill

172 173
slow natural

請以聽到的句子為基礎，將句子改造成句首加上 please 的祈使句。

Track No.
Unit 12.2

1） I want you to tell me your honest opinion. （Please）
我想要你告訴我你真實的看法。
➡ Please tell me your honest opinion.
請告訴我你真實的看法。

2） I'd like you to call me back. （Please）
我希望你能回我電話。
➡ Please call me back.
請回我電話。

3） I want you to let me know your new address. （Please）
我希望你告訴我你的新地址。
➡ Please let me know your new address.
請告訴我你的新地址。

4） I'd like you to feel at home. （Please）
我希望你不要覺得拘束。
➡ Please feel at home.
請不要覺得拘束。

5） I want you to call me Andy. （Please）
我希望你叫我 Andy。
➡ Please call me Andy.
請叫我 Andy。

12.3 否定祈使句

只要在祈使句的句首加上 Don't 否定，語意就會變成「勿～」、「別～」、「不要～」、「不能～」的否定命令或指示。

Don't disturb me.
不要打擾我。

One-Step Drill

174 175
slow natural

請以聽到的句子為基礎，將句子改造成否定祈使句。

Track No.
Unit 12.3

1） You shouldn't slurp your soup.（change）
你喝湯不應該發出聲音。

➡ Don't slurp your soup.
喝湯別發出聲音。

2） You mustn't be late for class.（change）
你上課務必不要遲到。

➡ Don't be late for class.
上課別遲到。

3） You shouldn't buy her such an expensive bag.
你不應該買給她那麼貴的包包。　　　　　　（change）

➡ Don't buy her such an expensive bag.
不要買給她那麼貴的包包。

4） You mustn't make your little brother cry.（change）
你務必不要弄哭你的弟弟。

➡ Don't make your little brother cry.
不要弄哭你的弟弟。

5） You shouldn't go off topic. （change）

你不應該偏離主題。

➡ Don't go off topic.

別偏離主題。

12.4 委婉的否定祈使句 ························

　　想要讓否定祈使句的語氣變得較為委婉時，會使用〈Please don't＋原形動詞〉的表達型式。

176　　177

slow　natural

One-Step Drill

　　請以聽到的句子為基礎，將句子改造成句首加上 please 的否定祈使句。

Track No.
Unit 12.4

1） I don't want you to keep me waiting so long. （Please）

我不希望你讓我等那麼久。

➡ Please don't keep me waiting so long.

請不要讓我等那麼久。

2） I wouldn't like you to rush to a conclusion. （Please）

我不希望你急著下結論。

➡ Please don't rush to a conclusion.

請不要急著下結論。

3） I don't want you to play sad songs. （Please）

我不希望你播悲傷的歌。

➡ Please don't play sad songs.

請不要播悲傷的歌。

4） I wouldn't like you to visit me late at night. （Please）
我不希望你深夜來找我。

➡ Please don't visit me late at night.
請不要深夜來找我。

5） I don't want you to leave me alone. （Please）
我不希望你留我一個人。

➡ Please don't leave me alone.
請不要留我一個人。

12.5 提議 · 勸誘

在祈使句的句首加上 Let's 後，就可以表達出「我們做～吧」的提議或勸誘語意。否定語意「我們不要做～吧」的型式則是 Let's not，不過使用頻率不高，所以這裡就單純介紹 Let's 的使用方式。

Let's call it a day.
我們今天就到此為止吧。

One-Step Drill

請以聽到的句子為基礎，將句子改造成以 Let's 開頭的提議或勸誘語意的句子。

1） Do you want to grab a bite? （change）
你想要吃點東西嗎？（要不要簡單吃點什麼？）

➡ Let's grab a bite.
我們吃點東西吧。

2） Would you like to have a barbecue party? （change）
你想要辦場烤肉派對嗎？（要不要辦個烤肉派對？）

➡ Let's have a barbecue party.
我們來辦場烤肉派對吧。

3） Do you want to go for a drink? （change）
你想要去喝一杯嗎？（要不要去喝一杯？）
➡ Let's go for a drink.
我們去喝一杯吧。

4） Would you like to reconsider the plan? （change）
你想要重新考慮那個計畫嗎？（要不要重新考慮那個計畫？）
➡ Let's reconsider the plan.
我們重新考慮那個計畫吧。

5） Do you want to take a taxi? （change）
你想要搭計程車嗎？（要不要搭計程車？）
➡ Let's take a taxi.
我們搭計程車吧。

12.6 否定疑問句 ······

　　除了一般疑問句以外，附加問句與否定疑問句也包括在 Yes /
No 疑問句中。否定疑問句是「不是～嗎？」的意思，只要在一般疑
問句句首的 be 動詞或助動詞之後加上 not（會使用縮寫），就可以變
成否定疑問句。所有句型、所有時態的一般疑問句都可以改造成否
定疑問句。語調則與一般的 Yes / No 疑問句相同，都是語尾上揚。

Aren't you a student here?
你不是這裡的學生嗎？

Haven't you been to the States?
你沒有去過美國嗎？

Two-Step Drill

180　181
slow　natural

請將聽到的句子先改成〈Yes / No 疑問句〉，接著再改成否定疑問句。原句中若出現 I / my / you，請改成 you / your / I。

Track No.
Unit 12.6

1） I'm going to a year-end party tonight.（question）
我今天晚上要去尾牙。

➡ Are you going to a year-end party tonight?
你今天晚上要去尾牙嗎？　　　　　　　　　　　（change）

➡ Aren't you going to a year-end party tonight?
你今晚不是要去尾牙嗎？

2） The director has shot a comedy.（question）
那位導演曾拍過喜劇。

➡ Has the director shot a comedy?（change）
那位導演曾拍過喜劇嗎？

➡ Hasn't the director shot a comedy?
那位導演不是曾拍過喜劇嗎？

3） She's guilty.（question）
她有罪。

➡ Is she guilty?（change）
她有罪嗎？

➡ Isn't she guilty?
她不是有罪嗎？

4） His book will be published this month.（question）
他的書會在這個月出版。

➡ Will his book be published this month?（change）
他的書會在這個月出版嗎？

➡ Won't his book be published this month?
他的書不是會在這個月出版嗎？

5）Lucy dumped him. （question）
Lucy 甩了他。

➡ **Did Lucy dump him?** （change）
Lucy 甩了他嗎？

➡ **Didn't Lucy dump him?**
Lucy 不是甩了他嗎？

12.7 附加問句 ①

附加問句是用來表達「程度輕微的疑問」（～是這樣吧？）或「再次確認」（是～沒錯吧？）的疑問句。原句若是肯定句，附加問句就會以否定疑問句的型式加在句子的最後面。另外，請注意加上的疑問句型式只會到主詞的部分，且會改用代名詞做為主詞。

You like your steak well-done, don't you?
你喜歡全熟的牛排，不是嗎？

It's a beautiful day, isn't it?
天氣真好，不是嗎？

在語調方面，「程度輕微的疑問」會語尾上揚，若是「再次確認」，語尾則會下降。

182
slow

183
natural

Two-Step Drill

請將聽到的句子（肯定句）改成附加問句。聽到「question」請語尾上揚，表達「程度輕微的疑問」，聽到「comfirmation」請語尾下降，表達「為了謹慎起見，再次確認」。「comfirmation」的意思是「確認」。兩者在型式上相同，只有語調不同。原句中出現 I / my 時，請改成 you / your。

1) I've finished my task. （question）
我已經完成我的任務了。

➡ You've finished your task, haven't you?
你已經完成你的任務了，不是嗎？　　（confirmation）

➡ You've finished your task, haven't you?
你已經完成你的任務了，對吧？

2) His job will be taken over by Michelle. （question）
他的工作將由 Michelle 接手。

➡ His job will be taken over by Michelle, won't it?
他的工作將由 Michelle 接手，不是嗎？　　（confirmation）

➡ His job will be taken over by Michelle, won't it?
他的工作將由 Michelle 接手，對吧？

3) Carole has a diving license. （question）
Carole 擁有潛水執照。

➡ Carole has a diving license, doesn't she?
Carole 擁有潛水執照，不是嗎？　　（confirmation）

➡ Carole has a diving license, doesn't she?
Carole 擁有潛水執照，對吧？

4) This product is advertised in the newspaper.
這個產品有在報紙上打廣告。　　　　　　（question）

➡ This product is advertised in the newspaper, isn't it? （confirmation）
這個產品有在報紙上打廣告，不是嗎？

➡ This product is advertised in the newspaper, isn't it?
這個產品有在報紙上打廣告，對吧？

5）I had a water leak fixed yesterday.（question）
我昨天有請人來修漏水。

➡ You had a water leak fixed yesterday, didn't you?
你昨天有請人來修理漏水，不是嗎？ （confirmation）

➡ You had a water leak fixed yesterday, didn't you?
你昨天有請人來修理漏水，對吧？

12.8 附加問句 ②

　　若原句是否定句，那麼加在句子最後面的附加問句就會是肯定疑問句的型式，同樣地，加上的疑問句型式會停在主詞的部分，且會改用代名詞做為主詞。

You don't like your steak rare, do you?
你不喜歡一分熟的牛排，對吧？

It isn't raining, is it?
沒在下雨了，對吧？

　　語調方面，「程度輕微的疑問」會語尾上揚，若是「再次確認」，則語尾會下降。

184　　185
slow　　natural

Two-Step Drill 🔄🔄

　　請將聽到的句子（否定句）改成附加問句。聽到「question」請語尾上揚，表達「程度輕微的疑問」，聽到「comfirmation」請語尾下降，表達「再次確認」。兩者的句子型式相同，只有語調改變。原句中出現 I 時，請改成 you。

(((Track No.
Unit 12.8)))

1） The event wasn't held this year.（question）

那個活動今年沒有舉辦。

➡ The event wasn't held this year, was it?

那個活動今年沒有舉辦，是嗎？ （confirmation）

➡ The event wasn't held this year, was it?

那個活動今年沒有舉辦，對吧？

2） It hasn't started raining.（question）

還沒有開始下雨。

➡ It hasn't started raining, has it?（confirmation）

還沒有開始下雨，是嗎？

➡ It hasn't started raining, has it?

還沒有開始下雨，對吧？

3） I can't work night shifts.（question）

我沒辦法上夜班。

➡ You can't work night shifts, can you?

你沒辦法上夜班，是嗎？ （confirmation）

➡ You can't work night shifts, can you?

你沒辦法上夜班，對吧？

4） I didn't receive his email yesterday.（question）

我昨天沒收到他的電子郵件。

➡ You didn't receive his email yesterday, did you?

你昨天沒收到他的電子郵件，是嗎？ （confirmation）

➡ You didn't receive his email yesterday, did you?

你昨天沒收到他的電子郵件，對吧？

5）They aren't ready for the meeting.（question）
他們還沒準備好要開會。

➡ They aren't ready for the meeting, are they?
他們還沒準備好要開會，是嗎？ （confirmation）

➡ They aren't ready for the meeting, are they?
他們還沒準備好要開會，對吧？

　　最後，請特別注意否定疑問句及附加問句的回答方式。舉個例子，當用中文被問到「你沒有行李嗎？」時，回答「是」就表示「沒有行李」，但用英文時，如果回答 Yes 的話，是表示「有行李」，意思完全相反。英文的 Yes 就是 I do、No 就是 I don't，兩者必須一致。若將中文常說的「對，沒有。」直譯成「Yes, I don't.」的話，就會變成逗號之前是肯定、後面是否定的矛盾狀況。

　　換句話說，即使是否定疑問句或附加問句，其回答方式和回答一般的 Yes / No 疑問句相同。請別把中文的 Yes 跟 No 思維套用到英文上喔！

第 3 部

讓英文的
表達方式再次升級

Unit 13
不定詞 (1) 做為名詞

　　我們前面在 Unit 12 以前一路介紹了以「單字」為單位的五大句型。從本章開始，將進一步學習以「片語」為單位的五大句型。首先要學習的是「不定詞」。本章將會解說「做為名詞」的不定詞——組成名詞片語（名詞詞組）、做為主詞或受詞、補語等的用法。

....

　　從 Unit 13 開始到 Unit 19，我們將學習的是「動狀詞」。動狀詞是「不定詞」、「動名詞」、「分詞」的總稱，其角色（功能）是組成「片語」。如 Unit 0 中所提到的，「片語」是「不包含 SV 的詞組」，在英文中能組成片語的只有介系詞跟動狀詞。介系詞能構成形容詞片語或副詞片語。另一方面，動狀詞則可以構成名詞片語、形容詞片語及副詞片語。我們來看看動狀詞的整體框架吧。

		做為名詞	做為形容詞	做為副詞
動狀詞	不定詞（to do）	○	○	○
	動名詞（-ing）	○	×	×
	分詞（-ing / p.p.）	×	○	○

　　可以把「做為名詞」想成是構成名詞片語（名詞詞組）的用法、「做為形容詞」是構成形容詞片語（形容詞詞組）的用法、「做為副詞」是構成副詞片語（副詞詞組）的用法。動狀詞又可以稱為準動詞，這裡的「準」可以想成是「一半」的意思。也就是說，會取名為動狀詞（準動詞），就是因為動狀詞擁有一半動詞（由動詞衍生而來）的特性、一半（實際用法上）做為其他詞性（名詞、形容詞或副詞）的

功能。

　　既然是做為名詞的不定詞，那就是說這整個不定詞片語就是被當成名詞來使用，所以可以做為句子構成要素中的 S、C 或 O。另一方面，做為形容詞時，只要放在名詞後方即可使用；做為副詞的話，因為會被當成句子裡的 M，所以比較能自由運用，可以用來修飾動詞、形容詞、副詞或整個句子。對於已經學習到這裡的大家來說，應該沒什麼問題。

　　就像前面的表格中所示，動狀詞中兼具所有用法的是不定詞。也就是說，動狀詞的代表是不定詞，只要理解不定詞，就能輕鬆搞懂動名詞及分詞並加以運用。

　　就像在 Unit 5 中學過的，不定詞有「to 不定詞」（to ＋原形動詞）及「原形不定詞」（沒有 to 的不定詞）兩種。不過，從這裡開始，如果沒有特別說明，「不定詞」都是指「to 不定詞」。不用想得太難，總之就是把〈to ＋原形動詞〉的「型式」稱為不定詞就對了。

to study English

　　例如上面這個詞組就是不定詞。然後，這個詞組會分別有做為名詞、形容詞或副詞的三種用法，換句話說，這個不定詞無論要做為名詞、形容詞還是副詞都可以。

·· 做為名詞 ··

<u>I</u> <u>like</u> **<u>to study English</u>**.
S　V　　　　O
我喜歡學英文。

to study English 構成表示「學英文」語意的名詞詞組（名詞片語），功能是擔任 like 的受詞。

Do you know a good method **to study English**?
S   V   O

你知道學英文的好方法嗎？

to study English 構成表示「為了學英文」語意的形容詞詞組（形容詞片語），用來修飾正前方的名詞（a good method）。

To study English, you should read this book first.
M   S   V   O   M

為了學英文，你首先應該看這本書。

to study English 構成表示「為了學英文」語意的副詞詞組（副詞片語），用來修飾整個句子。

　　就像這樣，各位可以看到 to study English 這個不定詞，一下子是名詞片語、一下子又是形容詞片語或副詞片語。這些用法的思考方式即是動狀詞的基本。在 Unit 13 中，我們會先將重點放在做為名詞的不定詞之上，並進行各種句型的練習。

13.1 做為名詞 ① 做為 S
（it 是虛主詞、不定詞是真主詞的句型）……

不定詞構成名詞詞組（名詞片語）並做為「虛 S、真 S」句型中的真 S。「虛 S、真 S」句型是指「因為 S 太長，所以用 it 來取代 S，將真正的 S（真 S）放在後面」的句型。

It's fun to study English.
虛SV　C　　　真S

學英文很有趣。

It's always rewarding to work hard.
虛SV　M　　C　　　真S

努力工作總是會有回報的。
（努力耕耘必有收穫）

不使用「虛 S、真 S」的型式來寫這個句子也不能算錯，就像下面這種寫法，只是會感覺不太自然。

To study English is fun.（△）

186　187

slow　natural

One-Step Drill

請以聽到的句子為基礎，構成〈It ~ to ~〉的「虛 S、真 S」句子，並將隨後聽到的語句改成不定詞的型式以做為真主詞。

Track No.
Unit 13.1

1） It's important.（help each other in society）
這很重要。

　➡ It's important to help each other in society.
　互相幫助在社會上是很重要的。

2）It must be exciting.（try something new）

這一定很刺激。

➡ It must be exciting to try something new.

嘗試新事物一定很刺激。

3）It'll be difficult.（get there in time）

這會很困難。

➡ It'll be difficult to get there in time.

要及時抵達那裡會很困難。

4）It's fun.（watch comedies）

這很有趣。

➡ It's fun to watch comedies.

看喜劇很有趣。

5）It helped me a lot.（have experience in sales）

這對我很有幫助。

➡ It helped me a lot to have experience in sales.

擁有銷售經驗對我很有幫助。

13.2 做為名詞 ② 做為第 2 句型的 C

不定詞構成名詞詞組（名詞片語）並擔任補語的角色。

My plan is to have my own company.
　S　　V　　　　C
我的計畫是擁有自己的公司。

The purpose of this workshop is to boost your creativity.
　　　　　S　　　　　　　V　　　　C
這個工作坊的目的是要提升你的創造力。

One-Step Drill

請用第 2 句型的句子回答聽到的疑問句，句中 S 不使用代名詞，並將接下來聽到的語句改成不定詞做為 C。此外，請將原句中出現的所有格代名詞 my / your 改成 your / my。

Track No.
Unit 13.2

1） What is your morning routine?（go for a jog）
你早上有什麼例行公事？

➡ My morning routine is to go for a jog.
我早上的例行公事是去慢跑。

2） What is your dream?（become a singer）
你的夢想是什麼？

➡ My dream is to become a singer.
我的夢想是成為歌手。

3） What is the important thing in life?
人生中重要的是什麼？（believe in your own potential）

➡ The important thing in life is to believe in your own potential.
人生中重要的是相信你自己擁有的潛能。

4） What is my responsibility?
我的職責是什麼？（organize the CEO's schedule）

➡ Your responsibility is to organize the CEO's schedule.
你的職責是規劃執行長的行程表。

5） What is the aim of your research?
你的研究目標是什麼？（solve food problems）

➡ The aim of my research is to solve food problems.
我的研究目標是解決糧食問題。

13.3 做為名詞 ③ 做為第 3 句型的 O

以不定詞構成名詞詞組（名詞片語）做為第 3 句型中的 O。

<u>He</u> <u>wants</u> <u>to drink cold water</u>.
 S   V   O

他想要喝冷水。

<u>Anik</u> <u>is planning</u> <u>to take a long vacation</u>.
 S   V   O

Anik 正在規劃要休個長假。

190　　191
slow　　natural

One-Step Drill

請以聽到的句子為基礎，構成以不定詞做為 O 的第 3 句型句子，並將隨後聽到的語句改成不定詞的型式以取代 it。

Track No.
Unit 13.3

1） I arranged it. （have a meeting with Mr. Yoon）
我安排了那個。

➡ I arranged to have a meeting with Mr. Yoon.
我安排了與 Yoon 先生開會。

2） Sarah refused it. （accept his invitation）
Sarah 拒絕了那個。

➡ Sarah refused to accept his invitation.
Sarah 拒絕接受他的邀請。

3） He planned it. （take her to the amusement park）
他規劃了那個。

➡ He planned to take her to the amusement park.
他規劃了要帶她去遊樂園。

4） We expect it. （get a salary increase）

我們期待那個。

➡ We expect to get a salary increase.

我們期待加薪。

5） I want it. （get a green card in the United States）

我想要那個。

➡ I want to get a green card in the United States.

我想要拿到美國的綠卡。

13.4 做為名詞 ④ 做為第 5 句型的 O （「虛 O、真 O」句型）

不定詞構成名詞詞組（名詞片語）做為第 5 句型中的 O。然而，在這個情況下，這個不定詞會成為「虛 O、真 O」句型中的真 O。「虛 O、真 O」句型是指「因為 O 太長，所以用 it 來取代 O，改將真正的 O（真 O）放在後面」的句型。

I found it difficult to read the English book.
　S　　V　　虛O　　C　　　　　　真O

我發現要讀那本英文書很困難。

Takashi may think it boring to play the game.
　S　　　V　　　虛O　　C　　　　　真O

Takashi 可能會覺得玩那個遊戲很無聊。

192　　193

slow　　natural

One-Step Drill

請以聽到的句子為基礎，構成以不定詞做為 O 的第 5 句型句子。在此同時，請將隨後聽到的語句改成不定詞的型式，並構成〈it ~ to ~〉型式的「虛 O、真 O」句子。

1）He considered it a good idea.（change jobs）
他認為這是個好主意。

➡ He considered it a good idea to change jobs.
他認為換工作是個好主意。

2）Many Japanese find it easy.（learn Korean）
許多日本人覺得這個很簡單。

➡ Many Japanese find it easy to learn Korean.
許多日本人覺得學韓文很簡單。

3）She makes it a rule.（brush her teeth after each meal）
她養成了這個習慣。

➡ She makes it a rule to brush her teeth after each meal.
她養成了每餐飯後刷牙的習慣。

4）I think it risky.（team up with the company）
我覺得這樣很冒險。

➡ I think it risky to team up with the company.
我覺得跟那家公司合作很冒險。

5）You must find it easy.（beat him）
你一定覺得這很簡單。

➡ You must find it easy to beat him.
你一定覺得打敗他很簡單。

13.5 做為名詞 ⑤ 疑問詞＋to do

當把不定詞接在疑問詞（5W1H）之後時，就能讓這個不定詞變成擁有該疑問詞語意的名詞詞組（名詞片語）。

Which to choose is a problem.

S   V C

該選哪一個是個問題。

I don't know what to do.

S V   O

我不知道怎麼辦。

194 **195**
slow natural

One-Step Drill

請將聽到的句子中的 that，以隨後聽到的〈疑問詞＋to do〉詞組來替代。

((• Track No.
Unit 13.5 •))

1） We should arrange that.（where to hold the reception）
我們必須安排那個。

➡ We should arrange where to hold the reception.
我們必須安排要在哪裡舉辦招待會。

2） We have to let her know that.（when to meet）
我們必須告訴她那個。

➡ We have to let her know when to meet.
我們必須告訴她要在何時見面。

3） I need some advice about that.
我需要一些關於那個的建議。 （who to invite to the party）

➡ I need some advice about who to invite to the party.
我需要一些關於要邀請誰來參加派對的建議。

4） I have to decide that.（which book to choose）
我必須決定那個。

➡ I have to decide which book to choose.
我必須決定要選擇哪本書。

5） It's important to know that.

知道那個很重要。　　　　（ what to do in an emergency ）

➡ It's important to know what to do in an emergency.
知道在緊急情況下要怎麼辦很重要。

13.6 不定詞「在意義上的主詞」

當要表示不定詞「在意義上的主詞」時，會在不定詞的正前方加上「for ~」。

It's important for the students of history to read this book.
　虛 S V　　　C　　　　　　M　　　　　　　　　　真 S

對念歷史的學生來說讀這本書很重要。

for the students of history 及 to read this book 之間成立「念歷史的學生讀這本書」的 SV 關係。請注意，這裡的 for 不是「為了~」的意思。

　　　　　　　　　　　196　　197

One-Step Drill ↷

slow

natural

請以聽到的句子為基礎，構成〈It ~ to ~〉的「虛 S、真 S」句子。在此同時，請使用適當的「在意義上的主詞」。

Track No.
Unit 13.6

1） You say so. （ It's natural ）
你那麼說。

➡ It's natural for you to say so.
你理所當然會那麼說。

2） School kids wash their hands frequently.
學童們常常洗手。　　　　　　　　　　（ It's important ）

➡ It's important for school kids to wash their hands frequently.

學童們常常洗手是很重要的。

3）He'll pass the exam. （It'll be difficult）

他會通過這場考試。

➡ It'll be difficult for him to pass the exam.

對他來說要通過這場考試會很困難。

4）You're familiar with the subject. （It's necessary）

你對那個主題很熟悉。

➡ It's necessary for you to be familiar with the subject.

你必須對那個主題很熟悉。

5）Riku negotiates in English. （It must be easy）

Riku 用英文進行協商。

➡ It must be easy for Riku to negotiate in English.

對 Riku 來説用英文進行協商一定很簡單。

13.7 不定詞的否定型式 ·······

要否定不定詞時，會直接在前面加上否定副詞（not 或 never）。

I promise <u>not</u> to repeat the same mistake.
S   V   O

我保證不再犯相同的錯誤。

It's important <u>never</u> to give up on anything.
虛S V   C   真S

對任何事都絕不放棄是很重要的。

One-Step Drill

請以聽到的句子為基礎,使用與原句語意相近的方式換句話說。在此同時,請將隨後聽到的語句改成否定型式的不定詞。

Track No.
Unit 13.7

1） It's important to be ahead of schedule.
進度能超前是很重要的。　　　　　　（be behind schedule）

➡ It's important not to be behind schedule.
進度能不要落後是很重要的。

2） I promise to make you happy.（make you sad）
我保證會讓你開心。

➡ I promise not to make you sad.
我保證不讓你難過。

3） It's necessary for her to get enough rest.
對她來說獲得足夠的休息是有必要的。　　　（work too hard）

➡ It's necessary for her not to work too hard.
對她來說不要工作得太累是有必要的。

4） He always pretends to be generous with money.
他總是假裝自己對錢很大方。　　　（be stingy with money）

➡ He always pretends not to be stingy with money.
他總是假裝自己對錢不吝嗇。

5） It's unbelievable to miss such basic mistakes.
　　　　　　　　　　　（find such basic mistakes）
漏掉這麼基本的錯誤真是讓人難以置信。

➡ It's unbelievable not to find such basic mistakes.
沒發現這麼基本的錯誤真是讓人難以置信。

Unit 14
不定詞 (2) 不定詞與動名詞

在本章登場的「動名詞」，同樣也可以構成名詞片語（名詞詞組）。我們一起來好好分辨動名詞與在 Unit 13 中所學到的、做為名詞的不定詞之間的差別，以期未來能在口頭上將兩者都運用自如。

⋯⋯⋯⋯⋯⋯⋯⋯⋯⋯⋯⋯⋯⋯⋯⋯⋯⋯⋯⋯⋯⋯⋯⋯⋯⋯⋯⋯⋯⋯⋯

雖然不定詞這個動狀詞能做為名詞、形容詞或副詞，但偶爾難免也會有例外的時候。此時登場的「代打選手」就是動名詞及分詞。動名詞可以代打做為名詞的不定詞，分詞則可以代打做為形容詞或副詞的不定詞。動名詞的基本形態是〈-ing〉。動名詞是只能做為名詞的動狀詞，在本章中將與做為名詞的不定詞做比較，徹底探討動名詞的基本思考方式及用法。

14.1 介系詞＋動名詞

從語源學來看，不定詞的 to 原本是介系詞的 to。因此，不定詞不能放在「介系詞的後面」。就英文文法而言，將介系詞和不定詞擺在一起，原則上是錯誤的。

I'm interested in <u>to study English.</u>（×）

這句話的語意是「我對學英文有興趣」，就句意上來看似乎沒什麼問題，但因為不定詞不能放在介系詞的後面，所以是錯誤的說法。這時就該輪到可以幫做為名詞的不定詞代打的選手──動名詞登場了。

I'm interested in <u>studying English.</u>（○）

One-Step Drill

請將聽到的句子改成使用動名詞的句子，並將隨後聽到的語句改成動名詞以取代 it。

Track No.
Unit 14.1

1） They're opposed to it. （run nuclear tests）
他們反對這個。

➡ They're opposed to running nuclear tests.
他們反對進行核試驗。

2） I'm used to it. （survive in tough situations）
我習慣它了。

➡ I'm used to surviving in tough situations.
我習慣在艱困的處境中生存了。

3） She washes her hands before it. （have dinner）
她在這之前洗手。

➡ She washes her hands before having dinner.
她在吃晚餐之前洗手。

4） We're accustomed to it. （operate the machine）
我們習慣這個了。

➡ We're accustomed to operating the machine.
我們習慣操作那台機器了。

5） I'm looking forward to it. （attend the lecture）
我很期待這個。

➡ I'm looking forward to attending the lecture.
我很期待去參加這場講座。

14.2 受詞只能接動名詞的及物動詞 ....

　　從語源學的角度來看，to 不定詞的 to 曾經是介系詞的 to。介系詞的 to 是「往～前進」的「方向」之意，而不定詞也受其影響，帶有「未來性」、「自願（積極）」的意象。因此非常不適合用於表達「過去」、「非自願（消極）」等的語意。

I avoid <u>to see him</u>.（×）

　　上面這個句子中 to see him 是 avoid 的 O，乍看之下沒什麼問題，但 avoid（避免～）搭配的受詞應該是「需要避開的人事物」或「討厭的人事物」才對。因此 to 所具有的未來性及積極的意象就很不適合 avoid，所以這時就有賴動名詞來登場代打了。

I avoid <u>seeing him</u>.（○）
我避免見到他。

　　像這樣必須接動名詞的及物動詞數量不多，一起來看看吧！

.... **受詞只能接動名詞的及物動詞** ....

finish（結束～）	escape（逃離～）
enjoy（享受～）	postpone（將～延期）
stop（停止～）	put off（將～延後）
give up（放棄～）	admit（承認～）
avoid（避免～）	consider（考慮～）
mind（介意～）	deny（否定～）

　　大家應該可以看出大部分的字，都是帶有過去或非自願意味的動詞吧。會令人感到意外的可能就是 enjoy 跟 consider 了。的確，enjoy 是帶有非常積極且正向語意的動詞，但是後面接的受詞都是

「（到目前為止）一直持續進行的動作」或至少不是「現在才正要開始做的動作」。因為「現在才正要開始做的動作」是無法在現在這個當下享受的。另一方面，consider 的受詞，可以是過去也可以是未來的事物，說得更極端一點，也可以是幻想的事物，所以不能使用帶有強烈未來性的不定詞。

不過，若要像這樣為每個字都找理由解釋，那可就會解釋不完了，所以我們還是仔細看過前面這些單字、記下來就好。

One-Step Drill

請將聽到的句子改成使用動名詞的句子，並將隨後聽到的語句中的動詞改成動名詞以取代 it。

1） He stopped it. （smoke）
他停止它了。

➡ He stopped smoking.
他不抽菸了。

2） They postponed it. （hold the party）
他們把它延期了。

➡ They postponed holding the party.
他們把舉辦派對的事延期了。

3） She doesn't mind it. （work for a low salary）
她不介意它。

➡ She doesn't mind working for a low salary.
她不介意拿低薪工作。

4） I won't escape it. （meet the challenge）
我不會逃避它。

➡ I won't escape meeting the challenge.
我不會逃避面對挑戰。

5） She's considering it.（take the seminar）
她正在考慮它。

➡ She's considering taking the seminar.
她正在考慮參加那場研討會。

14.3 該接動名詞還是不定詞？

受詞接不定詞或動名詞皆可的及物動詞

remember / forget / regret

　　無論是不定詞還是動名詞，都可以做為 remember / forget / regret 的 O。使用不定詞時，表達的是「現在開始要做的事（還沒做的事）」，使用動名詞的話，則是表達「已經在做的事」。

---
remember

You should remember to buy milk on the way home.
你在回家路上要記得去買牛奶。

I remember seeing him before.
我記得以前見過他。

---
forget

Don't forget to close the door.
不要忘記關門。

I'll never forget visiting this museum.
我絕不會忘記來參觀這間博物館的事。

I regret <u>to inform</u> you of the news.
我很遺憾（接下來）要通知你這個消息。

He regretted <u>playing</u> hooky.
他後悔翹課了。

204　　205
slow　natural

One-Step Drill

請以聽到的句子為基礎，構成使用不定詞或動名詞的句子，並將隨後聽到的語句中的動詞改成適當的形態以取代 it。

Track No.
Unit 14.3

1）Please remember it. You'll wear a suit and tie at the party. （change）
請記得它。你在派對上會穿西裝打領帶。

➡ Please remember to wear a suit and tie at the party.
請記得在派對上要穿西裝打領帶。

2）Don't forget it. You'll return this umbrella tomorrow.
不要忘記它。你明天會歸還這把傘。　　　　　（change）

➡ Don't forget to return this umbrella tomorrow.
不要忘記明天要歸還這把傘。

3）We won't forget it. We lost this game. （change）
我們不會忘記它。我們輸了這場比賽。

➡ We won't forget losing this game.
我們不會忘記輸了這場比賽的事。

4）I regret it. I'll tell you the test result. （change）
我對它感到遺憾。我會告訴你檢測結果。

➡ I regret to tell you the test result.
我很遺憾要告訴你檢測結果。

5） He regrets it. He fired some of his employees. (change)

他對它感到後悔。他開除了他的一些員工。

➡ He regrets firing some of his employees.

他很後悔開除了他的一些員工。

14.4　動名詞的否定型式 ··

要將動名詞改成否定型式時，會直接在前面加上否定副詞（not 或 never 等）。

I'm sorry for <u>not</u> replying to you sooner.

我很抱歉沒有快點給你回覆。

206　207
slow　natural

One-Step Drill

請以聽到的句子為基礎，使用與原句語意相近的方式換句話說。此外，請將隨後聽到的語句改成否定型式的動名詞。

Track No.
Unit 14.4

1） I'm aiming at getting full marks on the test.

我目標在考試中拿到滿分。(make any mistakes on the test)

➡ I'm aiming at not making any mistakes on the test.

我目標在考試中不犯任何錯誤。

2） Andy apologized for turning down her invitation.

Andy 為拒絕她的邀約而道歉。　　(accept her invitation)

➡ Andy apologized for not accepting her invitation.

Andy 為沒有接受她的邀約而道歉。

3） Following the rules is important. (break the rules)

遵守規則很重要。

⇒ Not breaking the rules is important.
不違反規則很重要。

4） We're considering skipping the class.（attend the class）
我們正在考慮要翹課。

⇒ We're considering not attending the class.
我們正在考慮不去上課了。

5） Excuse me for coming late.（come on time）
不好意思我來晚了。

⇒ Excuse me for not coming on time.
不好意思我沒有準時來。

14.5 動名詞「在意義上的主詞」

在表明動名詞「在意義上的主詞」時，會在前方加上「所有格」
或「受格」。

Do you mind <u>my</u> sitting here?〈所有格〉
你介意我坐在這裡嗎？（我可以坐在這裡嗎？）

Do you mind <u>me</u> sitting here?〈受格〉
你介意我坐在這裡嗎？（我可以坐在這裡嗎？）

在 my / me 與 sitting here 之間會成立「我坐在這裡」的 SV 關
係。如果是配合「後面」的動名詞，那就會使用所有格（因為動名詞
實際上是名詞），若是配合「前面」的及物動詞或介系詞的話，那就
會使用受格。當然，兩者都是正確的表達方式，不過當動名詞是 O
時，在現在慣用的英文中通常會使用受格來表明動名詞「在意義上
的主詞」，尤其當所有格是用「's」的方式來呈現時，通常會把 's
去掉，改用受格。

We insisted on <u>Blanka's</u> taking his place.〈所有格〉

我們主張由 Blanka 取代他的位置。

We insisted on <u>Blanka</u> taking his place.〈受格〉

我們主張由 Blanka 取代他的位置。

208　209

slow　natural

One-Step Drill

請以聽到的句子為基礎，構成使用動名詞的句子，並將後段聽到的句中動詞改成動名詞來取代 it。表明動名詞「在意義上的主詞」時，請使用受格。

Track No.
Unit 14.5

1） I'm accustomed to it. He comes back home at around midnight.（change）

我習慣它了。他在半夜十二點左右回家。

➡ I'm accustomed to him coming back home at around midnight.

我習慣他在半夜十二點左右回家了。

2） I'm afraid of it. My son has trouble abroad.（change）

我害怕它。我兒子在國外遇到麻煩。

➡ I'm afraid of my son having trouble abroad.

我害怕我兒子在國外遇到麻煩。

3） I'm sorry for it. My cat messes up your garden.

我對它感到抱歉。我的貓把你的花園弄得亂七八糟。（change）

➡ I'm sorry for my cat messing up your garden.

我很抱歉我的貓把你的花園弄得亂七八糟。

4） I'm quite sure of it. He gets the award.（change）

我相當確信它。他得到那座獎。

➡ I'm quite sure of him getting the award.
我相當確信他會得到那座獎。

5）He's proud of it. His wife is assigned an important position.（change）
他對它感到驕傲。他的太太被指派了一個重要的職位。

➡ He's proud of his wife being assigned an important position.
他對於太太被指派了一個重要的職位感到驕傲。

14.6 動名詞的完成型式

當要將動名詞的時態改為 (A) 過去時間、(B) 表示持續、完結（結果）或經驗的完成式時態時，就會使用動名詞的完成型式。動名詞的完成型式是〈having ＋過去分詞（p.p.）〉。至於完成的句子要表達的應該是 (A) 還是 (B)，則必須透過上下文來判斷。

(A) 將動名詞的時態變成過去時間

He denies having stolen money yesterday.
他否認昨天有偷錢。

(B) 將動名詞變成完成型式

He admits having stolen money several times.
他承認曾偷過幾次錢。

不過，動名詞也常常會在沒有變換為完成型式的情況下使用。

He denies stealing money yesterday.
He admits stealing money several times.

One-Step Drill ↻

210 211
slow natural

請將聽到的兩個句子使用動名詞相連接。在此同時，請將後段聽到的句中動詞改為動名詞的完成型式以取代 it。表明動名詞「在意義上的主詞」時，請使用受格。

(((Track No.
Unit 14.6)))

1） I'm sorry for it. I've kept it secret for a long time.
我對它感到抱歉。我已經保密這件事很長一段時間了。(change)

➡ I'm sorry for having kept it secret for a long time.
我對長期以來一直保密這件事感到抱歉。

2） He's deeply sorry for it. He said such a terrible thing to you. (change)
他對它深感抱歉。他對你說了這麼過分的話。

➡ He's deeply sorry for having said such a terrible thing to you.
他對於向你說了這麼過分的話深感抱歉。

3） I'm ashamed of it. I didn't help my friend in need.
我對它感到羞愧。我沒有幫助我有困難的朋友。 (change)

➡ I'm ashamed of not having helped my friend in need.
我對於沒有幫助我有困難的朋友感到羞愧。

4） He admits it. His company has been in the red.
他承認它。他的公司一直都是赤字狀態。 (change)

➡ He admits his company having been in the red.
他承認他的公司一直都是赤字狀態。

5） She denies it. She gave a false statement. (change)
她否認它。她做出了虛假的陳述。

➡ She denies having given a false statement.
她否認做出了虛假的陳述。

Unit 15
不定詞 (3) 做為形容詞

本章要學習的是不定詞做為形容詞的「形容詞用法」。就讓我們一起來理清構成「形容詞詞組」的不定詞會在句子中發揮什麼作用，以及如何在省略之後變成「英文基本體系架構（縱軸）」中五大句型型式的思考方式吧。

15.1 不定詞做為形容詞 ①

不定詞做為形容詞詞組（形容詞片語），修飾正前方的名詞。此時有三種型式：

15.1.1 被修飾的名詞成為不定詞「在意義上的 S」
15.1.2 被修飾的名詞成為不定詞「在意義上的 O」
15.1.3 不定詞用來說明正前方名詞的內容

15.1.1 被修飾的名詞成為不定詞「在意義上的 S」

不定詞接在名詞之後，做為形容詞修飾該名詞，這是一種名詞與不定詞之間會成立 S（名詞）V（不定詞）關係的用法。

He's not a man to betray his friends.
他不是會背叛朋友的男人。

She looked desperately for someone to help her.
她拼命尋找能幫她的人。

One-Step Drill

212 213
slow natural

請以聽到的句子為基礎，構成使用做為形容詞的 to 不定詞的句子，句中被修飾的名詞會是不定詞「在意義上的 S」。

Track No.
Unit 15.1

1） We need some people. They help us harvest apples.
我們需要一些人。他們幫忙我們採收蘋果。 （change）

➡ We need some people to help us harvest apples.
我們需要一些幫忙我們採收蘋果的人。

2） She's the last person. She's late for class. （change）
她是最後一個人。她上課遲到了。

➡ She's the last person to be late for class.
她是最後一個上課遲到的人。

3） Matt was the only person. He witnessed the accident.
Matt 是唯一一個人。他目擊了那起意外。 （change）

➡ Matt was the only person to witness the accident.
Matt 是唯一一個目擊了那起意外的人。

4） We need two guides. They speak Malay. （change）
我們需要兩位嚮導。他們會説馬來語。

➡ We need two guides to speak Malay.
我們需要兩位會説馬來語的嚮導。

5） Neil Armstrong was the first human being. He
walked on the moon. （change）
Neil Armstrong 是第一個人類。他在月球上行走。

➡ Neil Armstrong was the first human being to walk
on the moon.
Neil Armstrong 是第一個在月球上行走的人類。

當不定詞接在名詞之後，做為形容詞修飾該名詞，而這個名詞成為不定詞在意義上的受詞，這時不定詞與名詞之間會成立 V（不定詞）O（名詞）關係。及物動詞後面接的 O 與介系詞之後接的 O 會是被不定詞修飾的名詞。

I want something to drink.
我想要可以喝的東西。

He needs a toy to play with.
他需要可以玩的玩具。

助動詞後面接的動詞變成不定詞型式之後，助動詞必定會消失。原因在於，助動詞的角色完全是輔助動詞，而不定詞並非動詞（動狀詞是由動詞變化而來，本身已非動詞）。因為像是 will 或 may、should 或 must 等助動詞會消失，因此必須透過上下文來判斷語意。像這樣必須判別被隱藏的助動詞語意的情況，也會在使用其他動狀詞（動名詞或分詞）時出現。

Which is the book? A beginner can read it.
是哪一本書？初學者（也）能讀它。
➡ Which is the book for a beginner to read?
初學者（也）能讀的是哪一本書？

Which is the book? A beginner should read it.
是哪一本書？初學者應該要讀它。
➡ Which is the book for a beginner to read?
初學者應該要讀的是哪一本書？

One-Step Drill

請以聽到的句子為基礎，構成使用做為形容詞的 to 不定詞的句子，句中被修飾的名詞會是不定詞「在意義上的 O」。

((　Track No.
Unit 15.2　))

1）Do you have something? You can write with it.
你有某個東西嗎？你可以用它來寫。　　　　　　（change）

⇒ Do you have something to write with?
你有可以用來寫的東西嗎？（例如筆等書寫工具）

2）Do you have something? You can write on it.
你有某個東西嗎？你可以寫在它上面。　　　　　（change）

⇒ Do you have something to write on?
你有可以寫在上面的東西嗎？（例如紙等）

3）He has a lot of work. He must do it today. （change）
他有很多工作。他必須在今天做。

⇒ He has a lot of work to do today.
他今天有很多必須做的工作。

4）I'll introduce a female doctor. Your daughter can see her. （change）
我會介紹女醫師（給你）。你女兒可以去看她。

⇒ I'll introduce a female doctor for your daughter to see.
我會介紹你女兒可以去看的女醫師（給你）。

5）I'm looking for technical engineers. I'll work with them. （change）
我正在找技術工程師。我會和他們一起工作。

⇒ I'm looking for technical engineers to work with.
我正在找和我一起工作的技術工程師。

15.1.3 不定詞用來說明正前方名詞的內容 ·······························

不定詞會接在下面這些名詞的後面，用來說明這些名詞的具體內容。

attempt（嘗試）、decision（決定）、desire（渴望）、
dream（夢想）、intention（意圖）、promise（承諾）、
tendency（傾向）、vow（誓言）、wish（願望）

I have a dream <u>to be</u> a dancer.
我有成為舞者的夢想。

He made a decision <u>not to follow</u> her proposal.
他做了不遵從她的提議的決定。

216　217
slow　natural

One-Step Drill

請以聽到的句子為基礎，構成使用做為形容詞的 to 不定詞的句子。請利用不定詞來說明正前方名詞的具體內容。

Track No.
Unit 15.3

1）He has a dream. It's to be a simultaneous interpreter.
　他有一個夢想。它是成為同步口譯員。　　　　　　（change）

　➡ He has a dream to be a simultaneous interpreter.
　　他有一個成為同步口譯員的夢想。

2）She showed her intention. It was to purchase the
　house.（change）
　她表明了她的意圖。它是購買那間房子。

　➡ She showed her intention to purchase the house.
　　她表明了購買那間房子的意圖。

3） Japanese people are known for their tendency. It's to live long. （change）

日本人的傾向眾所周知。它是長壽。

➡ Japanese people are known for their tendency to live long.

日本人的長壽傾向眾所周知。

4） His attempt failed. It was to become mayor.

他的嘗試失敗了。它是成為市長。 （change）

➡ His attempt to become mayor failed.

他成為市長的嘗試失敗了。

5） The governor made a pledge. It was to ease the morning rush hour overcrowding. （change）

州長做出宣誓。它是改善早上尖峰時刻的過度壅塞。

➡ The governor made a pledge to ease the morning rush hour overcrowding.

州長做出改善早上尖峰時刻過度壅塞的宣誓。

15.2 不定詞做為形容詞 ② 做為 seem / appear / be ＋過去分詞（p.p.）的 C

不定詞可以做為 seem / appear / be＋過去分詞（p.p.）的 C，這是一種以不定詞做為形容詞的特殊用法。這種型式在日常對話中出現的頻率很高。seem 與 appear 的語意（似乎～，看起來像～）及用法幾乎相同，不過 appear 給人的感覺較為正式和嚴肅。

She seems to be shy.
  S   V   C

她似乎很害羞。

He appeared to be a perfect gentleman.
 S   V   C

他似乎是個完美的紳士（看起來像是個完美的紳士）。

He 's believed to be alive.
 S   V   C

大家相信他還活著。

● to be 的省略

當 to be 的後面接續名詞或形容詞時，to be 偶爾會被省略。這樣一來就會變成在 Unit 2 的 2.1 中學到的第 2 句型的句子，不過這種省略只會發生在 seem / appear。

She seems shy.
 S   V   C

她似乎很害羞。

He appeared a perfect gentleman.
 S   V   C

他似乎是個完美的紳士（看起來像是個完美的紳士）。

● seem / appear 的否定句

seem / appear 的否定句型式有以下兩種。

否定 seem / appear

He doesn't seem to be sick.
他看起來不像是病了。

They don't appear to be good friends.
他們看起來不像是好朋友。

否定不定詞

※ 在口語中不太會用到。

He seems not to be sick.
他看起來好像沒有生病。

They appear not to be good friends.
他們看起來好像不是好朋友。

218   219

slow   natural

One-Step Drill

請利用不定詞將聽到的句子換句話說。句中請以不定詞做為 seem / appear / be ＋過去分詞的 C。

Track No.
Unit 15.4

1）Julia likes dogs very much. （seem）
　　Julia 非常喜歡狗。

　　➡ Julia seems to like dogs very much.
　　　　Julia 似乎非常喜歡狗。

2）Kim is studying English hard. （appear）
　　Kim 正在努力學英文。

　　➡ Kim appears to be studying English hard.
　　　　Kim 似乎正在努力學英文。

3）Chinese medicine is good for chronic diseases.
　　中藥對慢性病很有用。　　　　　　　　　　　　（is said）

　　➡ Chinese medicine is said to be good for chronic diseases.
　　　　據說中藥對慢性病很有用。

4） He's the tallest boy in this school. （appear）

他是這間學校裡最高的男生。

➡ He appears to be the tallest boy in this school.

他似乎是這間學校裡最高的男生。

5） Haruki speaks 20 languages fluently. （is said）

Haruki 能流利地説 20 種語言。

➡ Haruki is said to speak 20 languages fluently.

據説 Haruki 能流利地説 20 種語言。

15.3 不定詞的完成型式 ·······················

　　當要將不定詞的時態改為 (A) 過去時間、(B) 表示持續、完結（結果）或經驗的完成式時態時，就會使用不定詞的完成型式。不定詞的完成型式是指〈to have ＋過去分詞（p.p.）〉。至於完成的句子要表達的應該是 (A) 還是 (B)，則必須透過上下文來判斷。

　　He seems to have been sick.

(A) 他看起來好像之前生過病。（過去時間）

(B) 他看起來好像病一直都沒好。（完成式）

One-Step Drill

　　請使用不定詞將聽到的句子換句話説。seem / appear / be ＋過去分詞的 C 請使用不定詞的完成型式。

((Track No.
Unit 15.5

1） Ian told a lie. （appear）

Ian 説了謊。

➡ Ian appears to have told a lie.

Ian 好像之前説了謊。

2） He was the greatest boxer in the world. （is believed）

他那時是世界上最偉大的拳擊手。

➡ He's believed to have been the greatest boxer in the world.

他被認為是那時世界上最偉大的拳擊手。

3） She's finished writing her essay. （seem）

她已經寫完她的小論文了。

➡ She seems to have finished writing her essay.

她看起來好像已經寫完她的小論文了。

4） Humans diverged from apes. （are thought）

人類是從人猿分支而來的。

➡ Humans are thought to have diverged from apes.

人類被認為是從人猿分支而來的。

5） The applicant has worked in the medical industry.

那位應徵者曾在醫療產業裡工作過。　　　　　　（appear）

➡ The applicant appears to have worked in the medical industry.

那位應徵者看起來好像曾在醫療產業裡工作過。

Unit 16
不定詞 (4) 做為副詞

　　本章將會探討做為副詞的不定詞「副詞用法」，在這種用法下的不定詞會構成「副詞詞組」。學到這裡，不定詞的三種用法就全部都學到了。不定詞是英文「文法要素（橫軸）」中擁有最多用途的詞組之一，就讓我們徹底熟練它的用法吧！

　　不定詞做為副詞詞組（副詞片語）發揮功能的用法，被稱為「副詞用法」。因為構成的是副詞片語，所以能表達的語意非常多樣化。

16.1 不定詞做為副詞 ① 目的

不定詞做為 M，表達「目的」的語意。

<u>You</u> <u>have to run</u> <u>to catch the last train.</u>
　S　　　V　　　　　　　　 M

為了趕上末班車你必須用跑的。

　　表達「目的」時，M 的部分可以放在句首。當不定詞做為副詞時，只有表達「目的」的副詞詞組可以放在句首。

<u>To catch the last train,</u> <u>you</u> <u>have to run.</u>
　　　　　　M　　　　　　　　S　　　　V

One-Step Drill

請以聽到的兩個句子為基礎，構成使用不定詞「副詞用法」表達「目的」的句子，其中會出現必須使用不定詞「在意義上的主詞」的情況。

Track No.
Unit 16.1

1）I'll subscribe to cable TV. I want to binge-watch soap operas. （change）

我會訂閱有線電視。我想要狂追肥皂劇。

➡ I'll subscribe to cable TV to binge-watch soap operas.

我會訂閱有線電視來狂追肥皂劇。

2）He's working two part-time jobs. He wants to buy a birthday present for his mother. （change）

他兼了兩份差。他想要買生日禮物給母親。

➡ He's working two part-time jobs to buy a birthday present for his mother.

他兼了兩份差來買生日禮物給母親。

3）We're off to the beach. We want to have a barbecue party. （change）

我們出發去海灘。我們想要辦烤肉派對。

➡ We're off to the beach to have a barbecue party.

我們出發去海灘辦烤肉派對。

4）I stepped aside. He wanted to pass. （change）

我退到一旁。他想要通過。

➡ I stepped aside for him to pass.

我退到一旁給他過。

5）She drove fast. Her son wanted to be in time for the concert. （change）

她開得很快。她的兒子想要及時趕上那場演唱會。

➡ She drove fast for her son to be in time for the concert.

她開得很快以讓她兒子及時趕上那場演唱會。

16.2 不定詞做為副詞 ② 結果 (1)

不定詞做為 M，表示「結果」的語意。

He studied very hard to be a lawyer.
　S　　　　V　　　M　　　　　M
他非常努力念書當上了律師。

He somehow finished his thesis to graduate from college.
　S　　M　　　V　　　O　　　　　　M
他想辦法完成了他的論文，從大學畢業了。

上面兩句也都可以用表示「目的」的語意來解讀。

He studied very hard to be a lawyer.
他非常努力念書以成為律師。

He somehow finished his thesis to graduate from college.
他想辦法完成了他的論文，以從大學畢業。

　在表達「目的」的用法中，無法明確知道是否有達成該目的，但如果是表達「結果」的用法，則確定該目的已達成，所以現在式（現在進行式）及未來式的句子不能使用「結果」用法。然而，當句子是過去式時，很難精確區分是「目的」還是「結果」用法，往往必須根據上下文來判斷。

One-Step Drill

224 225
slow　natural

請使用做為副詞的不定詞來表達「結果」，修改聽到的句子。

Track No.
Unit 16.2

1） She woke up and found it snowing. （change）
她醒來發現正在下雪。

➡ She woke up to find it snowing.
她醒來結果發現正在下雪。

2） He dribbled the ball and scored in the last 30 seconds.
他在最後 30 秒運球並得分了。　　　　　　　　　（change）

➡ He dribbled the ball to score in the last 30 seconds.
他在最後 30 秒運球結果得分了。

3） He grew up and became an astronaut. （change）
他長大成為了太空人。

➡ He grew up to become an astronaut.
他長大結果成為了太空人。

4） She opened the door and saw her son sleeping soundly. （change）
她打開門看見她的兒子睡得很熟。

➡ She opened the door to see her son sleeping soundly.
她打開門結果看見她的兒子睡得很熟。

5） I regained consciousness and found myself in a hospital bed. （change）
我恢復了意識，發現自己在醫院的床上。

➡ I regained consciousness to find myself in a hospital bed.
我恢復了意識，結果發現自己在醫院的床上。

16.3 不定詞做為副詞 ② 結果 (2)

　　表示「結果」的不定詞副詞用法中，經常用到〈never to〉及〈only to〉。〈never to〉是「結果再也沒有～」、〈only to〉是「結果還是～」的語意，用來表達「被視為不好的結果」。書寫時會在前面加上逗號，不過〈only to〉的前面也可以不加逗號。

He left Japan, <u>never to return</u>.
他離開了日本，結果再也沒有回來。

He studied very hard (,) <u>only to fail</u>.
他非常努力念書，結果還是不及格。

226　　227
slow　　natural

One-Step Drill

　　請利用不定詞的副詞用法將聽到的句子換句話說，並練習使用 never to 或 only to。

((Track No.
Unit 16.3))

1） They parted and never met again.（change）
他們分開了，再也沒有相見。

　➡ They parted, never to meet again.
　　他們分開了，結果再也沒有相見。

2） She studied hard but only failed the exam.（change）
她很努力念書，但還是考試不及格。

　➡ She studied hard, only to fail the exam.
　　她很努力念書，結果還是考試不及格。

3） Judy learned a hard lesson and never repeated the same mistake. （change）

Judy 得到了慘痛的教訓，所以絕不再犯相同的錯誤。

➡ Judy learned a hard lesson, never to repeat the same mistake.

Judy 得到了慘痛的教訓，結果再也不犯相同的錯誤。

4） The company lost the trust of the public and never regained it. （change）

那間公司失去了大眾的信賴，而且再也無法回復了。

➡ The company lost the trust of the public, never to regain it.

那間公司失去了大眾的信賴，結果再也無法回復了。

5） He joined the full marathon but only gave up in 30 minutes. （change）

雖然他參加了全馬，但才過 30 分鐘就放棄了。

➡ He joined the full marathon, only to give up in 30 minutes.

他參加了全馬，結果還是在 30 分鐘後放棄了。

16.4 不定詞做為副詞 ③ 情緒的來由

以不定詞做為 M 表達「情緒的來由」。

I'm glad to see you.
S V　C　　M
我很高興見到你。

即使「情緒的來由」的緣由實際上是「過去發生的事」，一般在口語中也不會用完成型式〈to have ＋過去分詞（p.p.）〉來表達。

One-Step Drill

請以聽到的句子為基礎，構成使用不定詞「副詞用法」表達「情緒的來由」的句子。

Track No.
Unit 16.4

1） I'm excited. I'll go to their concert. （change）
我很興奮。我將要去他們的演唱會。

➡ I'm excited to go to their concert.
我對於要去他們的演唱會感到很興奮。

2） He's not scared. He'll bungee jump. （change）
他不害怕。他將要去高空彈跳。

➡ He's not scared to bungee jump.
他對於要去高空彈跳不覺得害怕。

3） I'm sorry. I heard the news. （change）
我很遺憾。我聽到了那個消息。

➡ I'm sorry to hear the news.
我很遺憾聽到那個消息。

4） Sandra is happy. She can publish a new book.
Sandra 很開心。她可以出版新書。 （change）

➡ Sandra is happy to publish a new book.
Sandra 很開心能出版新書。

5） Ian was surprised. He ran into an old friend at the gym. （change）
Ian 那時很驚訝。他在健身房偶遇了老友。

➡ Ian was surprised to run into an old friend at the gym.
Ian 那時對於在健身房偶遇了老友感到很驚訝。

16.5 不定詞做為副詞 ④ 判斷的依據 ········

以不定詞做為 M 表達「判斷的依據」。

與利用不定詞表達「情緒的來由」時一樣，即使做為「判斷依據」的事實是「過去發生的事」，在口語中一般也不會使用完成型式〈to have ＋過去分詞〉來表達。

He's crazy to say such a thing.
S V   C   M
他說出這種話是瘋了吧。

He must be rich to buy a Ferrari.
 S   V   C   M
他會去買法拉利一定是很有錢。

在表示「親切」、「聰明」、「愚笨」或「粗心」等「人格特質」時，會使用〈It's＋形容詞＋of ~＋to ~〉的型式來表達。這個型式中的 It 不是虛 S，而是「表達狀態的 it」（這是不需翻譯的 it）。不要跟「虛 S、真 S」的句型〈It ~ to ~〉混為一談了。此外，在這裡使用的 of 是 about（關於～）的意思。

It's kind of you to lend me this book.
S V C   M   M
你借我這本書人真好。

> 會用在〈It's＋形容詞＋of ~＋to ~〉句型中的主要形容詞
> brave（勇敢的）/ careless（粗心的）/ considerate（體貼的）/ cruel（殘酷的）/ foolish（愚笨的）/ kind/nice（親切的）/ rude（冒犯的）/ stupid （愚笨的）/ thoughtful（體貼的）等
> ※不過 careful（小心的）及 gentle（溫柔的）不會用在這個句型裡。

One-Step Drill

請以聽到的兩個句子為基礎，構成表達「判斷依據」的〈It's＋形容詞＋of ~＋to ~〉句子。

Track No.
Unit 16.5

1） Bart is considerate. He kept it secret.

Bart 很體貼。他保密了這件事。 （It's considerate）

➡ It's considerate of Bart to keep it secret.

Bart 保密了這件事真是體貼。

2） He was stupid. He fell for a scam. （It was stupid）

他很笨。他受騙上當了。

➡ It was stupid of him to fall for a scam.

他受騙上當真是笨。

3） She was reckless. She didn't prepare for the exam.

她很粗心。她沒有準備那場考試。 （It was reckless）

➡ It was reckless of her not to prepare for the exam.

她沒有準備那場考試真是粗心。

4） Tom is rude. He behaves like that. （It's rude）

Tom 很冒犯。他做出那樣的行為。

➡ It's rude of Tom to behave like that.

Tom 做出那樣的行為真是冒犯。

5） Ryo is brave. He didn't duck your challenge.

Ryo 很勇敢。他沒有逃避你的挑戰。 （It's brave）

➡ It's brave of Ryo not to duck your challenge.

Ryo 沒有逃避你的挑戰真是勇敢。

16.6 不定詞做為副詞 ⑤ tough 句型 ·······················

　　這個表達方式是以不定詞做為 M、並只限定在表達形容詞的語意。由於多使用 tough 這個字來說明，所以被稱為「tough 句型」。

<u>Max</u> <u>is</u> <u>tough</u> <u>to beat</u>.
　S　V　　C　　　M
Max 是很難打敗的。

　　在這個句型中會成立「句子的 S」＝「不定詞的 O」的關係，句尾與句首會形成一個像下面這樣的循環。

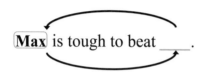

　　因此，如果改成下面這樣的句子，就會無法形成循環。為了能夠建立循環，不要忘記將「不定詞的 O」去掉。

Max is tough to beat him.（ × ）

　　此外，tough 句型可以用〈It ~ to ~〉句型來替代。

Max is tough to beat.
≒ It's tough to beat Max.

　　會用「≒」這個符號，是因為嚴格來說，這兩個表達方式其實還是有點不同。

(A) <u>Max</u> <u>is</u> <u>tough</u> <u>to beat</u>.
  S **V** **C** **M**

Max 是很難<u>打敗的</u>。〈做為副詞〉

(B) <u>It's</u> <u>tough</u> <u>to beat Max</u>.
 虛**S V** **C**   真**S**

<u>要打敗 Max 的這件事</u>很難。〈做為名詞〉

  雖然兩者都是第 2 句型，但成立的「對等關係」不一樣。(A) 是〈He = tough〉，「tough」的是「他」，而 (B) 是〈to beat Max = tough〉。也就是說，在 (B) 句中，「tough」的是「要打敗 Max 的這件事」。接下來，我們將練習用〈It ~ to ~〉造出 tough 句型的句子，不過也請留意，兩者嚴格來說並非是完全相同的表達方式。

232 233
slow natural

One-Step Drill

請將聽到的句子用 tough 句型來換句話說。

Track No.
Unit 16.6

1）It's difficult to work under Mr. Prado.（change）
  在 Prado 先生底下工作是很困難的一件事。

  ➡ Mr. Prado is difficult to work under.
   在 Prado 先生底下工作很困難。

2）It's dangerous to swim in this river.（change）
  在這條河裡游泳很危險。

  ➡ This river is dangerous to swim in.
   這條河對游泳來說很危險。

3） It's easy to solve this puzzle. （change）

要解開這個謎題很容易。

➡ This puzzle is easy to solve.

這個謎題很容易解開。

4） It's hard to convince him. （change）

要說服他很困難。

➡ He's hard to convince.

他很難說服。

5） It's comfortable to sleep in this bed. （change）

睡在這張床上很舒服。

➡ This bed is comfortable to sleep in.

這張床睡起來很舒服。

Unit 17
分詞 (1) 做為形容詞

　　終於來到最後三章了。從 Unit 17 到 Unit 19 我們要學習的是「分詞」。分詞有「做為形容詞」及「做為副詞」的兩種用法，在本章中，我們會先說明構成「形容詞詞組」的「形容詞用法」。跟做為形容詞的不定詞比起來，分詞的形容詞用法較為單純，掌握訣竅後就很簡單。一起來好好研究吧！

　　分詞有現在分詞（-ing）跟過去分詞（p.p.）兩種，兩者都有形容詞及副詞的用法（雖然動名詞在形態上也是〈-ing〉，但跟現在分詞的使用方式完全不同，請務必不要混淆了）。現在分詞呈現的是「做～」或「正在做～」的「主動」意味，過去分詞則是「被～」或「正被～」的「被動」意味。

17.1 分詞做為形容詞 ① 前置修飾

　　現在分詞和過去分詞可以發揮形容詞的功用。當分詞是單一字彙時，會放在名詞的前面做修飾（前置修飾）。

It was an **exciting** game.
S　V　　　　　C
那是場令人興奮的比賽。

The **excited** crowd cheered their team.
　　　　　　　S　　　　V　　　　O
這些興奮的群眾為他們的隊伍歡呼。

One-Step Drill

234 235
slow natural

請以聽到的兩個句子為基礎，使用分詞的形容詞用法（前置修飾）來造句。

Track No.
Unit 17.1

1） Did you hear the news? It was shocking. （change）
你聽到那個消息了嗎？它令人震驚。

➡ Did you hear the shocking news?
你聽到那個令人震驚的消息了嗎？

2） I brought the dog back home. It was abused.
我帶了那隻狗回家。牠被虐待了。 （change）

➡ I brought the abused dog back home.
我帶了那隻被虐待的狗回家。

3） The man jumped into the river. He was drunk.
那名男子跳進了河裡。他喝醉了。 （change）

➡ The drunk man jumped into the river.
那名喝醉的男子跳進了河裡。

4） You can enjoy an ocean view from there. It's amazing. （change）
你可以從那裡欣賞海景。它令人驚艷。

➡ You can enjoy an amazing ocean view from there.
你可以從那裡欣賞令人驚艷的海景。

5） We need to replace the window. It's broken. （change）
我們需要換掉那扇窗戶。它破掉了。

➡ We need to replace the broken window.
我們需要換掉那扇破掉的窗戶。

17.2 分詞做為形容詞 ② 後置修飾

現在分詞和過去分詞可以發揮形容詞的功能。當分詞是由兩個以上的字彙組合而成的詞組時，會放在名詞的後面做修飾（後置修飾）。

The boy **sitting over there** is my older brother.
    S   V   C
坐在那邊的男孩是我的哥哥。

I received a letter **written in Japanese**.
S   V   O
我收到了一封用日文寫的信。

One-Step Drill

236   237
slow   natural

請以聽到的兩個句子為基礎，使用分詞的形容詞用法（後置修飾）來造句。

((Track No.
Unit 17.2))

1） Look at the girl. She's dancing in front of the mirror.
看那個女孩。她正在鏡子前面跳舞。 （change）

➡ Look at the girl dancing in front of the mirror.
看那個正在鏡子前面跳舞的女孩。

2） I love the pictures. They're painted by Leonardo da Vinci. （change）
我愛這些畫。它們是達文西畫的。

➡ I love the pictures painted by Leonardo da Vinci.
我愛那些達文西畫的畫。

3） Let's go to the restaurant. It's owned by my uncle.
我們去那間餐廳吧。它是我叔叔開的。 （change）

➡ Let's go to the restaurant owned by my uncle.
我們去那間我叔叔開的餐廳吧。

4）Anne dropped by the store. It sold antique watches.
Anne 順道去了那間店。它有賣古董錶。　　　　（change）

➡ Anne dropped by the store selling antique watches.
Anne 順道去了那間有賣古董錶的店。

5）The car is mine. It's parked next to the red car.
那輛車是我的。它被停在那輛紅色的車旁邊。　　（change）

➡ The car parked next to the red car is mine.
那輛停在紅色車旁邊的車是我的。

17.3 分詞做為形容詞 ③ 〈with ＋名詞＋分詞〉

透過〈with ＋名詞＋分詞〉的型式，可以構成表達「某人做某動作」語意的副詞片語。這是利用分詞來說明正前方名詞的形容詞用法（在此用法中，即使分詞只有一個字彙，也會放在名詞的後面）。

在利用這個表達方式造句時，必須仔細思考名詞與分詞之間的關係，以決定要使用現在分詞還是過去分詞。若名詞與分詞之間存在主動關係，會使用現在分詞，若是被動關係，則會使用過去分詞。

He was sitting on a sofa with his legs crossed.
S　　　V　　　　M　　　　　　M
他盤腿坐在沙發上。

別被中文的「盤腿」給影響了。雖然中文這樣翻沒有問題，但從英文的角度出發，則必須從 his legs 與 cross 間的關係來思考，因此是「腿被盤起（his legs crossed）」才對。

She was standing on the beach <u>with her hair blown by the breeze.</u>（her hair＝blown by the breeze）

她站在沙灘上，<u>頭髮被微風吹拂著</u>。

She was standing on the beach <u>with the breeze blowing her hair.</u>（the breeze＝blowing her hair）

她站在沙灘上，<u>微風吹拂著她的頭髮</u>。

blow 除了表示「吹拂～」的及物動詞用法以外，也有「吹動」和「隨風飄動」的不及物動詞用法，所以也可以用下面這個說法來表達。

She was standing on the beach <u>with her hair blowing in the breeze.</u>（her hair＝blowing in the breeze）

她站在沙灘上，<u>頭髮隨著微風飄動</u>。

● 當使用〈with ＋名詞＋ being〉的型式時，being 會被省略。

He was lying <u>with his face (*being*) down.</u>

他臉朝下地躺著。

238
slow

239
natural

One-Step Drill

請以聽到的兩個句子為基礎，使用〈with ＋名詞＋分詞〉的型式來造句。

Track No.
Unit 17.3

1） Don't leave the car. The engine is running. (change)

別離開那輛車。引擎正在運轉。

➡ Don't leave the car with the engine running.

別在引擎正在運轉的時候離開那輛車。

2) Ms. Walter always teaches her class. The windows are open. （change）

Walter 小姐總是為她帶的班上課。窗戶是開著的。

➡ Ms. Walter always teaches her class with the windows open.

Walter 小姐總是開著窗戶為她帶的班上課。

3) He always sleeps. The light is on. （change）

他總是睡覺。燈是開著的。

➡ He always sleeps with the light on.

他總是開著燈睡覺。

4) Don't speak. Your mouth is full. （change）

不要說話。你的嘴巴塞滿了東西。

➡ Don't speak with your mouth full.

不要在嘴巴塞滿了東西時說話。

5) He stood there. His hands were in his trouser pockets. （change）

他站在那邊。他的雙手插在長褲口袋裡。

➡ He stood there with his hands in his trouser pockets.

他雙手插在長褲口袋裡站在那邊。

Unit 18
分詞 (2)
做為副詞（分詞構句）①

　　在 Unit 18 及 Unit 19 中，將介紹做為副詞的分詞「副詞用法」。分詞的副詞用法，又可以稱為「分詞構句」。可能有很多人光是聽到這個名稱，就已經覺得滿心抗拒了，但其實在英文文法之中，沒有比分詞構句用起來更自由、理解之後更簡單的了。讓我們一起認真練習吧！

　　在動狀詞中，具有副詞用法的是不定詞及分詞。但除了在 Unit 16 中學到的做為副詞的不定詞以外，其他的副詞片語幾乎都是由分詞所構成的。就像在 Unit 13 中學到的，原本不定詞在語源學中曾是介系詞的 to，這也導致不定詞的表達能力受到限制。

　　分詞的副詞用法，又被稱為「分詞構句」。由於分詞構句能表達的語意非常多元，所以有時必須透過上下文的邏輯來判斷所表達的語意為何，這也是分詞構句的困難之處。此外，分詞構句用起來的感覺較為生硬，所以一般在單純閒聊時不太會使用（多半會用在知識性談話中）。

　　在本章中，將說明分詞構句中最具代表性的三種語意，分別是「同時」、「理由」及「附帶狀況」。通常放在句首的分詞構句會是「同時」或「理由」的意思，而表達「附帶狀況」的分詞構句會放在句尾。當然，因為分詞構句扮演的是 M，所以在擺放位置的決定上並非絕對，且多半都會較為自由。

在進行分詞構句時，請仔細思考分詞與主詞之間的關係，再決定使用現在分詞還是過去分詞。若與主詞間存在主動關係，就會使用現在分詞，若是被動關係，則會用過去分詞。

18.1 分詞做為副詞 ① 同時（when）

When it saw me, the dog began to bark.
這隻狗一看到我就開始吠叫。

Seeing me, the dog began to bark.
一看到我，這隻狗就開始吠叫。

● 被動語態變換成分詞構句時，無論在哪個位置，being 都會被省略。

When it's seen from a distance, the rock looks like a human face.
當從遠處看它時，那個岩石看起來像個人臉。

(*Being*) seen from a distance, the rock looks like a human face.
從遠處看，那個岩石看起來像個人臉。

The rock looks like a human face, seen from a distance.
那個岩石看起來像個人臉，從遠處看時。

240   241

slow   natural

One-Step Drill

請運用分詞構句來將聽到的句子換句話說，並將可省略的分詞省略。

Track No.
Unit 18.1

1) When he entered the room, he got a big round of applause. （change）

進入房間時，他獲得了熱烈的掌聲。

➡ Entering the room, he got a big round of applause.

2) When he was punched in the face, the boxer fell to the floor. （change）

被一拳打在臉上時，那個拳擊手倒在了地板上。

➡ Punched in the face, the boxer fell to the floor.

3) When he punched the opponent in the face, the boxer lost his footing. （change）

一拳打在對手臉上的時候，那個拳擊手腳滑了一下。

➡ Punching the opponent in the face, the boxer lost his footing.

4) When I saw the sunrise from there, I was speechless.

從那裡看到日出時，我（感動得）無法言語。　　　　（change）

➡ Seeing the sunrise from there, I was speechless.

5) When I heard the story from him, I couldn't believe my ears. （change）

聽到他講的故事時，我難以置信自己聽到了什麼。

➡ Hearing the story from him, I couldn't believe my ears.

18.2 分詞做為副詞 ② 理由（because / as / since）

Because he felt tired, he went to bed early.
因為他覺得很累，所以他早早上床睡覺了。

Feeling tired, he went to bed early.
因為覺得很累，他早早上床睡覺了。

● 當使用〈being ＋ C（名詞或形容詞）〉時，無論分詞構句出現在哪個位置，都會省略 being。

Since he was unable to support himself, John asked his father for help.
因為他連自己都養不起，所以 John 開口向父親求助。

(*Being*) unable to support himself, John asked his father for help.
因為連自己都養不起，John 開口向父親求助。

One-Step Drill

242 slow   243 natural

請運用分詞構句來將聽到的句子換句話說，並將可省略的分詞省略。

Track No.
Unit 18.2

1） As she was caught in a shower, she got soaked to the skin. （change）
因為碰到一陣大雨，她全身都淋得濕透了。

➡ Caught in a shower, she got soaked to the skin.

2） Since he was anxious about his results from the hospital, he couldn't sleep a wink. （change）
因為對醫院的檢查結果覺得很焦慮，他完全睡不著。

➡ Anxious about his results from the hospital, he couldn't sleep a wink.

3） Because she had a sudden stomachache, Doris withdrew from the race. （change）
因為突如其來的胃痛，Doris 退出了賽跑。

➡ Having a sudden stomachache, Doris withdrew from the race.

4）As he felt tired, he just collapsed on his bed.（change）

因為覺得很累，他直接癱倒在了床上。

➡ Feeling tired, he just collapsed on his bed.

5）Since she's madly in love with him, she's at his beck and call. （change）

因為瘋狂愛著他，她對他言聽計從。

➡ Madly in love with him, she's at his beck and call.

18.3 分詞做為副詞 ③ 附帶狀況（as）

As he looked out the window, he could see kids playing in the park.

當他往窗外看去時，他能看見孩子們正在公園裡玩。

Looking out the window, he could see kids playing in the park.

往窗外看去時，他能看見孩子們正在公園裡玩。

● 進行式變換為分詞構句時，無論出現在句中的哪個位置，being 都會被省略。

The princess appeared on the balcony as she was smiling.

公主微笑著出現在陽台上。

The princess appeared on the balcony, (*being*) smiling.

公主出現在陽台上，微笑著。

Smiling, the princess appeared on the balcony.

微笑著，公主出現在陽台上。

One-Step Drill

244 slow   245 natural

請運用分詞構句（附帶狀況）來將聽到的句子換句話說，並將可省略的分詞省略。

Track No.
Unit 18.3

1） He lay on a sofa as he zoned out. （change）
他躺在沙發上放空。

　➡ He lay on a sofa, zoning out.

2） She was watching the movie as she was shedding tears. （change）
她一邊看那部電影一邊流淚。

　➡ She was watching the movie, shedding tears.

3） She approached the stationmaster as she was complaining about the train delay. （change）
她去找站長抱怨火車誤點的事。

　➡ She approached the stationmaster, complaining about the train delay.

4） I always clean my room as I listen to my favorite music. （change）
我總是一邊打掃房間一邊聽我最愛的音樂。

　➡ I always clean my room, listening to my favorite music.

5） The protestors marched silently as they held placards. （change）
抗議的人們拿著標語牌默默前行。

　➡ The protestors marched silently, holding placards.

Unit 19
分詞 (2)
做為副詞（分詞構句）②

　　這章我們將延續 Unit 18 中所學，對分詞構句做進一步介紹，讓我們能用得更正確、更熟練。分詞構句經常在辯論、討論、演講等正式場合中使用，此外，若懂得如何使用分詞構句，也能大幅提升使用英文表達的層次，一起好好加油吧！

....

　　我們在 Unit 18 中已經學到了分詞的副詞用法（分詞構句）的基本句型構成方式。因為在日常生活中分詞構句的使用頻率不算低，且分詞構句本身能按情境變換來做出各式各樣的表達，所以本章將針對這部分，說明分詞構句的應用表達方式。

19.1 分詞構句的否定型式

　　當想要否定分詞構句時，會將否定詞（not, never）放在分詞的正前方。

As she didn't know what to do, she called her father.
因為她不知道怎麼辦，所以她打了電話給她的父親。

__Not__ knowing what to do, she called her father.
因為不知道怎麼辦，所以她就打了電話給她的父親。

One-Step Drill

請運用分詞構句將聽到的句子換句話說。

(((Track No.
Unit 19.1)))

1） As I didn't feel fine, I took the day off. （change）
因為覺得身體不太舒服，所以我請了假。

➡ Not feeling fine, I took the day off.

2） As you don't have a reservation, you may not be seated here. （change）
因為沒有預約，所以你可能沒辦法坐在這裡。

➡ Not having a reservation, you may not be seated here.

3） As we didn't want to be bothered, we hung the tag on the door knob. （change）
因為不想被打擾，所以我們在門把上掛了牌子。

➡ Not wanting to be bothered, we hung the tag on the door knob.

4） As she doesn't live in the city, she isn't used to taking the subway. （change）
因為不住在城市裡，所以她不習慣搭地下鐵。

➡ Not living in the city, she isn't used to taking the subway.

5） As he didn't expect me to be there, he was speaking ill of me. （change）
因為沒有預期我會在那裡，所以他在說我的壞話。

➡ Not expecting me to be there, he was speaking ill of me.

19.2 分詞構句的完成型式 ······························

　　要將分詞構句的時態改為 (A) 過去時間、(B) 表示持續、完結（結果）或經驗的完成式時態時，就會使用分詞構句的完成型式。分詞構句的完成型式是指〈having ＋過去分詞（p.p.）〉。至於完成的句子表達的語意應該是 (A) 還是 (B)，必須透過句子的上下文才能正確判斷。

(A) 將分詞構句的時態變成過去式

As I stayed up all night, I'm so sleepy.
因為我熬夜熬了一整個晚上，所以我超想睡覺。

Having stayed up all night, I'm so sleepy.
熬夜熬了一整個晚上，我超想睡覺。

(B) 將分詞構句變成完成型式

As he's lived here for more than 60 years, he sure is the best guide.
因為他在這裡住了超過 60 年，所以他一定是最棒的導遊。

Having lived here for more than 60 years, he sure is the best guide.
在這裡住了超過 60 年，他一定是最棒的導遊。

● 被動語態變換為分詞構句完成型式時，無論分詞構句出現在句子的哪個位置，都會省略 having been。就結果而言，呈現的句子型式會跟省略 being 的情況相同，所以必須透過句子的上下文來判斷被省略的是 being 還是 having been。

As he's been educated in the United States, he doesn't know much about Japanese history.

因為他一直都在美國受教育，所以他對日本的歷史不太清楚。

(*Having been*) educated in the United States, he doesn't know much about Japanese history.

因為在美國受教育，所以他對日本的歷史不太清楚。

248 249
slow natural

One-Step Drill

請運用分詞構句將聽到的句子換句話說，並將可省略的分詞省略。請注意下面也參雜了使用否定型式的句子。

Track No.
Unit 19.2

1）As I've been to your office before, I won't get lost.

因為以前去過你的辦公室，我不會迷路的。 （change）

➡ Having been to your office before, I won't get lost.

2）As he hasn't achieved his quota at work, he'll have to take a pay cut. （change）

由於沒有達成分配的工作量，他將會被扣薪水。

➡ Not having achieved his quota at work, he'll have to take a pay cut.

3）As he was born and raised in a snowy region, he doesn't mind the cold. （change）

因為在很會下雪的地方出生長大，所以他不怕冷。

➡ Born and raised in a snowy region, he doesn't mind the cold.

4）As she majored in computer engineering, she's very tech-savvy. （change）

因為主修的是電腦工程，所以她非常精通科技的東西。

➡ Having majored in computer engineering, she's very tech-savvy.

5) As he's never been abroad, he doesn't have a passport. （change）
因為從來沒有出過國，所以他沒有護照。

➡ Never having been abroad, he doesn't have a passport.

19.3 分詞構句「在意義上的主詞」

(19.3.1) 分詞構句「在意義上的主詞」的基本型式

當分詞「在意義上的主詞」與句中的 S 不同時，若為「主格」則會放在分詞的正前方。

As Max had no more objections, the meeting was ended.
因為 Max 沒有其他異議了，所以這次會議結束了。

Max having no more objections, the meeting was ended.
Max 沒有其他異議，這次會議結束了。

Max 與 having no more objections 之間成立了 SV 的關係，表達「Max 沒有其他異議」的語意。

When all things are considered, it's a real bargain.
當把所有條件都考慮進去後（所有條件都被考慮之後），這真是一項划算的交易。

All things (*being*) considered, it's a real bargain.
考慮到所有條件（所有條件都被考慮之後），這真是一項划算的交易。

All things 與 considered 之間成立了 SV 的關係，表達「所有條件都被考慮」的語意。

● 代名詞無法做為分詞「在意義上的主詞」。

He having no more objection, the meeting was closed.（×）

19.3.2 特殊分詞構句「在意義上的主詞」

● 「指前面提及內容的 this / that」

代名詞中「指前面提及內容的 this / that」是例外。雖然 this / that 是代名詞，但可以成為分詞構句「在意義上的主詞」。此時不要省略 being。

He's absent today. As this is often the case, I'm not surprised.
他今天缺席。由於這種情況經常發生，我並不驚訝。

He's absent today. This being often the case, I'm not surprised.
他今天缺席。這種情況經常發生，我並不驚訝。

● 「狀態的 it」與「存在的 there」

表示時間、距離、天候、氣溫、光明及黑暗等「狀態」的 it 及表示「存在」的句型（there is / there are）中的「there」，都可以做為分詞構句「在意義上的主詞」來用。「狀態的 it」與「存在的 there」兩者皆是沒有具體概念的虛詞，在文法上主要被用作主詞或受詞（「狀態的 it」並不是表示「那個」的代名詞，而「存在的 there」也不是表達「在那裡」語意的副詞）。當以這兩者做為「在意義上的主詞」時，也不會省略 being。

Since it's very fine today, why don't we take a walk for a change?

既然今天天氣非常好，那我們要不要去散個步轉換心情？

It being very fine today, why don't we take a walk for a change?

今天天氣非常好，我們要不要去散個步轉換心情？

As there is no bus service, you have to take a taxi.

因為沒有公車了，所以你必須搭計程車。

There being no bus service, you have to take a taxi.

沒有公車了，你必須搭計程車。

One-Step Drill

250 slow   251 natural

請運用分詞構句將聽到的句子換句話說。請注意其中也參雜了須使用完成型式的句子。

Track No. Unit 19.3

1）As it was very dark, I couldn't see well. （change）

因為非常暗，所以我看不清楚。

➡ It being very dark, I couldn't see well.

2）As it was a rainy day, I stayed home. （change）

因為是下雨天，所以我待在家裡。

➡ It being a rainy day, I stayed home.

3）As the weather got worse, the audience were directed to the indoor theater. （change）

由於天氣變得更糟了，所以觀眾們被引導到了室內劇場。

➡ The weather getting worse, the audience were directed to the indoor theater.

4）As the battery is very low, he needs to charge his smartphone. （change）

因為電池的電量非常低，所以他得替他的智慧型手機充電。

➡ The battery being very low, he needs to charge his smartphone.

5）As there were only three students, the class was very quiet. （change）

因為只有三個學生，所以班上非常安靜。

➡ There being only three students, the class was very quiet.

19.4 連接詞＋分詞構句

由於分詞構句能表達的意思太多，尤其經常用於表達 although / though（儘管）、while（在～期間）、before（在～之前）、after（在～之後）、unless（除非～）等等語意，當省略連接詞會造成句意理解困難時，就會將連接詞留在分詞之前。

Though he was badly injured, he didn't give up.
儘管他受了嚴重的傷，但他沒有放棄。

Though (*being*) badly injured, he didn't give up.
儘管受了嚴重的傷，他沒有放棄。

He fell asleep while he was listening to music.
他在聽音樂的時候睡著了。

He fell asleep while (*being*) listening to music.
他聽著音樂睡著了。

Even after you sign up, you can cancel the contract during the cooling-off period.
即使你簽了名，在猶豫期間你還是可以取消合約。

<u>Even after signing up</u>, you can cancel the contract during the cooling-off period.
即使簽了名，在猶豫期間你還是可以取消合約。

before 及 after 還有做為介系詞的用法。因此，上述的 Even after signing up 也可以用「介系詞＋動名詞」的表達方式來理解（可以參考 Unit14 的 14.1）。

252
slow

253
natural

One-Step Drill

請使用「連接詞＋分詞構句」將聽到的句子換句話說，並省略可省略的分詞。

((• Track No.
Unit 19.4 •))

1）Though I felt very sick, I attended the meeting.
儘管覺得非常不舒服，我還是出席了那場會議。 （change）
➡ Though feeling very sick, I attended the meeting.

2）While I was staying at the hotel, I got a call from my family. （change）
待在飯店的時候，我接到了家人的電話。
➡ While staying at the hotel, I got a call from my family.

3） Once it's deprived of oxygen, the brain dies within a few minutes.（change）

一旦缺氧，大腦就會在幾分鐘內死亡。

➡ Once deprived of oxygen, the brain dies within a few minutes.

4） Before you enter the room, you're requested to disinfect your hands.（change）

在進入房間之前，請務必消毒雙手。

➡ Before entering the room, you're requested to disinfect your hands.

5） She never speaks a word unless she's spoken to.

除非有人跟她說話，不然她絕不開口。　　　　　（change）

➡ She never speaks a word unless spoken to.

台灣廣廈 國際出版集團
Taiwan Mansion International Group

國家圖書館出版品預行編目（CIP）資料

英文文法刻意練習 / 橫山雅彥, 中村佐知子著；李青芬譯.
-- 初版. -- 新北市：語研學院, 2024.05
　面；　公分
ISBN 978-626-97939-9-0（平裝）
1.CST: 英語　2.CST: 語法

805.16　　　　　　　　　　　　　　113000265

LA PRESS 語研學院 Language Academy Press

英文文法刻意練習
套用＋替換＋開口說，非母語人士的零失誤文法自然養成術！

作　　者／橫山雅彥、中村佐知子	編輯中心編輯長／伍峻宏・編輯／徐淳輔
譯　　者／李青芬	封面設計／何偉凱・內頁排版／菩薩蠻數位文化有限公司
	製版・印刷・裝訂／東豪・弼億・秉成

行企研發中心總監／陳冠蒨　　　　　線上學習中心總監／陳冠蒨
媒體公關組／陳柔彣　　　　　　　　產品企製組／顏佑婷、江季珊、張哲剛
綜合業務組／何欣穎

發 行 人／江媛珍
法 律 顧 問／第一國際法律事務所 余淑杏律師・北辰著作權事務所 蕭雄淋律師
出　　版／語研學院
發　　行／台灣廣廈有聲圖書有限公司
　　　　　地址：新北市235中和區中山路二段359巷7號2樓
　　　　　電話：（886）2-2225-5777・傳真：（886）2-2225-8052
讀者服務信箱／cs@booknews.com.tw

代理印務・全球總經銷／知遠文化事業有限公司
　　　　　地址：新北市222深坑區北深路三段155巷25號5樓
　　　　　電話：（886）2-2664-8800・傳真：（886）2-2664-8801
郵 政 劃 撥／劃撥帳號：18836722
　　　　　劃撥戶名：知遠文化事業有限公司（※單次購書金額未達1000元，請另付70元郵資。）

■ 出版日期：2024年05月　　　　ISBN：978-626-97939-9-0

EIGO NO HANON SHOKYU by Masahiko Yokoyama, Sachiko Nakamura
Copyright © Masahiko Yokoyama, Sachiko Nakamura, 2021
All rights reserved.
Original Japanese edition published by Chikumashobo Ltd.
Traditional Chinese translation edition published in 2024 by Taiwan Mansion Books Group
This Traditional Chinese edition published by arrangement with Chikumashobo Ltd., Tokyo, through
Timo Associates Inc. and jia-xi books co., ltd.